Coleção Melhores Crônicas

Álvaro Moreyra

Direção Edla van Steen

Coleção MELHORES CRÔNICAS

Álvaro Moreyra

Seleção e prefácio
Mario Moreyra

São Paulo
2010

© Mario Moreyra, 2007

1ª Edição, Global Editora, São Paulo 2010

Diretor Editorial
JEFFERSON L. ALVES

Gerente de Produção
FLÁVIO SAMUEL

Coordenadora Editorial
DIDA BESSANA

Assistentes Editoriais
ALESSANDRA BIRAL
JOÃO REYNALDO DE PAIVA

Revisão
LUCIANA CHAGAS

Projeto de Capa
VICTOR BURTON

Editoração Eletrônica
ANTONIO SILVIO LOPES

Dados Internacionais de Catalogação na Publicação (CIP)
(Câmara Brasileira do Livro, SP, Brasil)

Moreyra, Álvaro, 1888-1964.
  Melhores crônicas Álvaro Moreyra / Edla van Steen (direção); Mario Moreyra (seleção e prefácio). – 1. ed. – São Paulo : Global, 2010. – (Coleção Melhores Crônicas).

Bibliografia.
ISBN 978-85-260-1398-8

1. Crônicas brasileiras. I. Steen, Edla van. II. Moreyra, Mario. III. Título. IV. Série.

10-01219   CDD-869-93

Índices para catálogo sistemático:

1. Crônicas : Literatura brasileira   869.93

Direitos Reservados

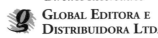

GLOBAL EDITORA E DISTRIBUIDORA LTDA.

Rua Pirapitingui, 111 – Liberdade
CEP 01508-020 – São Paulo – SP
Tel.: (11) 3277-7999 – Fax: (11) 3277-8141
e-mail: global@globaleditora.com.br
www.globaleditora.com.br

Obra atualizada conforme o
Novo Acordo Ortográfico da Língua Portuguesa

Colabore com a produção científica e cultural.
Proibida a reprodução total ou parcial desta obra sem a autorização dos editores.

Nº de Catálogo: **3005**

Coleção Melhores Crônicas

Álvaro Moreyra

AS SANDÁLIAS DE PERSEU

A crônica é tempo, é memória, é espelho que guarda a realidade, muitas vezes, fraturada como num caleidoscópio que vai girando e superpondo imagens diversas. Mas é, sobretudo, um espelho onde o cronista alberga verdades e mentiras literárias.

A crônica captura o tempo para fixá-lo e torná-lo eterno, e torná-lo arte; como um espelho mágico que retém imagens já reveladas, petrificando o momento exato, com o olhar medusante, fazendo do cronista um Perseu moderno que, de posse das sandálias mágicas, flana pelas cidades observando e guardando imagens por ele selecionadas. Vai recolhendo "cabeças de medusas", e as há por toda parte – imagem perversa e imagem criadora –, para guardá-las refletidas no escudo reluzente de Atená, permitindo que se conheça o momento verdadeiro dos seres e das coisas, e ainda, conhecer-se a si mesmo. Esse escudo revelador é o espelho no qual o homem se vê tal como é, e não como imaginava ser. É o escudo-espelho que faltou ao alferes Jacobina, ainda que não fosse na crônica, mas no conto de Machado de Assis; morreria a imaginação perversa do alferes, para nascer o homem Jacobina. É a imaginação criadora do escritor e a enunciação escapando pelas frinchas do tempo de um enunciado cruel.

O tempo recolhido é guardado, não na sacola em que o herói grego escondia a Górgona, mas na memória do cronista, fixando, ali, as imagens do "monstro" moderno que nos engole, nos devora e nos petrifica com a morte – isto é o tempo – o deus grego Cronos, devorador de seus próprios filhos.

Interligados pelo viés literário, tempo e memória circulam num eterno e mágico momento de reelaboração, gerando o texto em que o passado se refaz no presente, mas sob o crivo do instante. O revivido funciona por meio de constantes reinvenções. Presente e passado reconstroem-se mutuamente.

O cronista, como se houvera mantido intacto o que recolhera nos voos fantásticos com as sandálias de Perseu, transforma com magicidade reveladora o que era passado remoto em memória viva, contida neste verdadeiro caldeirão de Medeia, factível de recriar, como a maga da Cólquita prometia, novas vidas a partir de fragmentos, de cortes da realidade capturada. É o cronista o grande agente transformador e dominador deste dissimulado mosaico de tempo e memória

É a crônica tempo paralisado, mas também é o tempo redivivo.

REVISITANDO O CRONISTA

Ao revisitar as crônicas de Álvaro Moreyra, deparamos com verdadeiras teias, ardis, um emaranhado de surpresas no qual textos se fundem, se misturam, ideias se renovam com o tempo. Suas crônicas nem sempre são definitivas; Álvaro, às vezes, reinventa, reconstrói o mesmo texto anos depois, e o faz com a lâmina aguda da ironia, recurso que servirá de estribo para a revisão temporal do tema. Muda o tempo, muda a crônica; o presente algumas vezes é feito por fantasmas do passado.

No texto moreyriano há um estilo alegórico, inventando utopias. Percebemos ainda a sátira ferina, a ironia corrosiva de forte crítica social. Um humor ácido e, ao mesmo tempo, uma doçura de linguagem vão permear a sua obra, levando o leitor a uma releitura mais percuciente da realidade.

Neste reencontro com Álvaro deparamos com um escritor múltiplo: foi poeta, cronista, memorialista e dramaturgo.

Álvaro injeta no mundo da crônica o pitoresco, o surpreendente, o enigmático, tudo muito bem dosado, deixando uma abertura para a reflexão, abertura esta marcada pelas reticências; ele as usa com frequência para que elas nos façam sorrir e pensar.

Com olhar transformador, Álvaro nos conduz ao mundo da arte em sua nau miraculosa. Navegamos pelo desconhecido, pelo improvável, pelo surpreendente caminho que transforma realidade em arte, conceito teórico em metáfora, o personagem na máscara.

Aportamos agora para visitar seu legado.

No primeiro livro de crônicas de Álvaro Moreyra – *Um sorriso para tudo* (1915), o autor ainda traz na memória a experiência pretérita com a poesia simbolista, evocativa, sentimental, musical, como em "De mim...":

Maio... há rosas na terra, sinos no ar, uma graça mística envolvendo a vida. Tenho desejos mansos: entrar nas igrejas à hora das bênçãos, ouvir a música dos órgãos, murmurar baixinho uma Ave-Maria, despertada de súbito, casta, na memória (...)

Em 1921, com *O outro lado da vida*, Álvaro, que já publicava com bastante frequência suas crônicas em jornais, revistas e periódicos de modo geral, passa a dominar as técnicas do humor e do diálogo em crônicas curtas e reveladoras do cotidiano capturado pelo poeta. Deste livro são emblemáticas as crônicas "Uma visita inesperada" e "Literatura precoce" a fim de se identificar o amadurecimento do cronista, que usa, já nesses textos, o humor para transitar pelo cotidiano da cidade.

A cidade mulher surge em 1923. O Rio de Janeiro é o cenário das rápidas crônicas em que Álvaro, totalmente livre das amarras simbolistas, passeia pela cidade com as "sandálias de Perseu" para aprisionar as imagens do dia a dia, injetando na sua prosa as novidades de um linguajar mais solto, mais próximo de seu leitor. Fala da primavera, das rosas, da noite, dos crepúsculos, do sol, dos pregões, da mulher, do amor, enfim, desta *cidade mulher*.

Não esquece de destacar personalidades que pela cidade passaram – Ribeiro Couto, Olegário Mariano, João do Rio, e outros que mereceram de Álvaro o doce carinho em textos leves e gentis. Sobre João do Rio disse: "Ele foi um filho enamorado destas ruas, destas paisagens. Amou-as sempre. Quando voltava das viagens ia em visita de saudades a todos os bairros (...)"

Sempre de bem com a vida, Álvaro detestava o mau-humor e sobretudo os pessimistas: "O meu pavor dos pessimistas! Eles são mais nefastos, fazem um mal muito maior do que o éter, a cocaína, a morfina, o ópio e outros venenos (...)"

Em 1927 publica *A boneca vestida de Arlequim*, reunião de crônicas identificadas por um estilo quase lírico, mas envolvidas pelo cotidiano, marcado por forte ironia que vai se tornando cada vez mais cáustica. Em "A hora da missa" os animais conversam sobre a Missa do Galo e, no final, "o galo sacudiu as penas, encolheu-se nelas, resmungou: – Que maçada! Todos os anos a mesma coisa!". Ou neste "Homem calado":

Ele tinha um ar de papagaio tristonho. Andava sempre de fraque.
Não falava.
Pensava. Pensava.
Um dia, afinal, deu um suspiro e disse:
Depois que a gente se casa é que vê como as outras mulheres
são interessantes.

Seis anos depois, Álvaro nos dá *O Brasil continua...*, narrando a história do país, com declarado amor pelo Brasil, sem patriotismo vil, sem ufanismos exagerados:

Para ser bem sincero, eu não entendo direito o que significa patriotismo.
Felizmente, direito, parece que ninguém entende.

As crônicas guardam humor e ironia para nos falar de um Brasil fraturado na sua estrutura social e política, mas sempre respeitam as suas diversidades.

Porta aberta (1942) nos revela os horrores da guerra na Europa. As perdas nas artes, na cultura, um desastre irresponsável no mundo ocidental. A crônica moreyriana começa a sofrer alguma mudança no estilo – já não são tão curtas e apresentam um rigor maior no trato dos temas escolhidos, acentuando a crítica e a ironia:

> *Como o tempo está nervoso!*
> *Quando menos se espera, ele surge de cara amarrada,*
> *bufando, atira raios em cima da gente, como se fosse*
> *destruir tudo, não destrói nada. Então, desanda a chorar.*
> *Chora, chora, chora.*
> *Nunca houve um tempo assim!*
> *Eu, para mim, acho que isso é discurso...*

O memorialismo de Álvaro desponta no livro *As amargas, não...*(1954). Estas memórias vêm aos parágrafos, como se ele as pingasse, nas páginas, com um conta-gotas. As memórias surgem num fluxo de consciência, às vezes caótico, reutilizando, em alguns momentos, crônicas antigas que tocam suas lembranças, tudo isso organizado numa relativa ou falsa cronologia, permitindo, assim, uma leitura reversível; não seguindo uma ordem rígida, as crônicas podem ser lidas aos pedaços, desordenadamente, sem sequência.

Em *O dia nos olhos* (1955), Álvaro espelha a técnica usada no livro anterior – as memórias voltam como se estivessem recolhidas nesse "espelho mágico".

> *Quando nos lembramos de uma criatura*
> *morta, sentimos bem que ela volta como a*
> *olhamos, como a ouvimos, como a tocamos,*
> *– única, – de aparência intacta.*

Havia uma oliveira no jardim é composto de pequenas crônicas, aforismos, comentários, análises de diversos temas como teatro, cinema, televisão, religião, envelhecimento, os burros, crianças criadas em apartamentos ("ditadura das gavetas"). Fala sobre personalidades do mundo da cultura – José Lins do Rego, Carlitos, Orson Welles, Manuel Bandeira, Luís Peixoto, Carlos Scliar, Pancetti, Simões Lopes, Drummond – tudo transitando por uma avenida de alegorias moreyrianas.

Livro publicado somente em 1994, numa bem cuidada organização de Dileta Silveira Martins, *Cada um carrega seu deserto* apresenta-nos uma temática poliédrica que vai refazer a trajetória dos três últimos livros. O cronismo de Álvaro vai tangenciando os limites da poesia com linguagem de expressivo valor polissêmico.

Há uma certa previsibilidade, a ver pelos títulos, todos memorialistas, que se sucedem ao livro *As amargas, não...* Esses livros reproduzem seu percurso de criação.

O mundo agora desfila como um corso de mascarados em que as máscaras encobrem os horrores do real. O olhar poético de Álvaro é que nos revela este mundo real em imagens transformadas e corroídas pelo tempo. E, como todo olhar transformador, é meio gelatinoso, impreciso, oblíquo. Dissimulado, talvez. Cigano e viajante.

Eis o "libreto da ópera", lacunoso decerto, contudo útil para saciar os reclamos de nossa cultura e do leitor, de modo que todos possam saborear estas deliciosas, enriquecedoras e saudosas histórias que representam a poetização do dia a dia na obra do cronista.

Mario Moreyra

CRÔNICAS

UM SORRISO PARA TUDO

A INDULGÊNCIA

A Indulgência é uma doce amiga. Os conselhos que ela nos dá, timidamente, com medo de nos ofender, são os melhores deste mundo e, talvez, os únicos aproveitáveis.

É uma fidalga antiga, a Indulgência. Envelheceu a sorrir e a desculpar. À sombra dos cabelos brancos, a sua fisionomia mostra uma tranquilidade, que é bênção e é esquecimento...

Viveu. Conhece toda a vida. Sabe como devemos receber o que nos acontece – por muito ruim que pareça ser, por muito ruim que seja realmente – com otimismo, com bonomia... A humanidade e a natureza não fazem nada de propósito...

A Indulgência ensina a mais sábia das virtudes: a caridade; e ensina o menos nocivo dos gestos: o perdão, – um perdão unânime atirado sobre as coisas e sobre os entes...

A IRONIA

*H*á mínimos prazeres interiores, os quais, só de nos tocarem, absolvem tudo o que de ruim perturba a vida. A ironia mal entendida é um desses prazeres. Uma frase lida ou escutada ao contrário, uma palavra, cujo som, cujo sentido escaparam aos alheios, logo encantam intimamente aquele que as escreveu ou pronunciou... A verdadeira ventura é um arrepio no espírito, um arrepio que não dura mais que um minuto, mas que fica, dentro de nós, como os círculos numa água parada, onde se atirou uma pedra ou um bocado de ouro... (em geral uma pedra...)

A ironia é uma boa herança que os últimos Gregos nos legaram... sobretudo boa por causa das interpretações errôneas...

Homens passaram no mundo ironicamente. Ironicamente, um dia, foram para o silêncio. Ninguém os percebeu assim. Felizes... Deixaram a memória da graça que tiveram:
– Que engraçados que eles eram!...

E debaixo da terra, alimentando o verme, (o teu verme é o teu único senhor, Hamlet?), vão ao mesmo tempo, adubando a terra, para que a terra floresça...

DE MIM...

*M*aio... há rosas na terra, sinos no ar, uma graça mística envolvendo a vida. Tenho desejos mansos: entrar nas igrejas à hora das bênçãos, ouvir a música dos órgãos, murmurar baixinho uma Ave-Maria, despertada de súbito, casta, na memória. Quando a noite vem, a névoa traz evocações de Carrière à noite e a dolência dos gestos longos, espalmados, de Isadora Duncan. Uma nostalgia me carrega para casa, e o serão é feito com os livros mais antigos do meu amor... a Bíblia, o Só, os contos de Andersen...

O SILÊNCIO

O silêncio é o derradeiro amigo. Só o sentimos junto de nós, quando os outros amigos nos deixaram, quando nos encontramos sozinhos, enfim, a um canto da vida.

– Silêncio, meu irmão...

Ele ensina à nossa alma a alma das coisas. Fica para sempre. É a sombra perene, a memória de tudo o que santifica em beleza e em bondade o nosso destino.

É o silêncio que alonga as nossas mãos para os horizontes, e leva às nuvens os nossos olhos, e traz à nossa boca o sabor dos frutos, às nossas narinas o perfume das magnólias e das rosas, aos nossos ouvidos a voz das fontes e do vento, ao nosso corpo a volúpia da natureza. À noite, na insônia, todas as imagens que nos acompanham vêm do silêncio como de uma água-morta onde nos debruçamos.

O silêncio é o sonho que não dorme.

A UMA CERTA IDADE

A uma certa idade, o homem para, começa a evocar a vida que viveu, a revivê-la em saudade.

(Há, no passado, uma fascinação eterna e sempre nova. Deixamos nele tudo o que existia em nós de instinto, de virgindade, de sensibilidade. Por ele caminhamos, inconscientemente. Era o futuro que nos chamava... Era o além que nos comovia...)

E quando o homem para, tão grande é o encanto do que já não é, que ele se esquece, tenta envelhecer, só pela volúpia das horas perdidas, dos dias malbaratados.

E como um poeta que pousa os olhos numa página antiga e nela se admira, pensando que nunca mais escreverá assim – o homem, ao rever os anos do passado, imagina que o seu melhor destino acabou e que, desde agora, nenhuma felicidade lhe acontecerá, nenhuma sensação há de vir ainda embelezar de dor ou de alegria o tempo desconhecido...

Mas não! É preciso viver! Viver ininterruptamente, em calma, em sobressalto, amando a vida e desprezando a vida!...

A memória é uma velha ama, que tudo guarda, que tudo sabe, que nada esquece. Entretanto, que não seja ela a nossa companheira de todos os instantes. Nas noites de insônia, nos dias de chuva, poderemos pedir-lhe então um caso distante, uma lembrança...

– Era uma vez...

E a memória contará das lindas manhãs, dos meios-dias, das tardes, das noites longe... e das paisagens, das criaturas... de alguma cova, de algum navio sobre o mar... de tanta coisa do outro tempo, daquele tempo...

MOCIDADE

...Afinal, decidiu ir a um médico. Não tinha sossego desde a manhã em que na boca sentira um gosto de sangue. Os olhos, dia a dia, se lhe afundavam, uma coroa roxa em volta, tornando-a mais bela, mais perturbadora no terror da morte. O pulso, às vezes era acelerado, às vezes lento, pausado, como a ressonância longínqua de uma marcha fúnebre... Um hálito de febre partia-lhe os lábios. E, principalmente, a dor que lhe pisava as costas, e o peito aumentou o desânimo da pobre criatura.

Se estava tísica, nunca mais ele a teria!...

Punha um resto de esperança nessa consulta.

Foi. O médico, a princípio, quis esconder. Mas, depois, a custo, disse a verdade, a triste certeza...

E ao despertar, no outro dia, o escultor encontrou sobre o leito estas palavras, escritas numa folha de livro:

"Meu amor, quando acordares, não me verás mais junto de ti. Agora mesmo adormeceste. O teu sono vai sereno. Anda um sorriso no teu rosto, um bom sorriso. Os teus cabelos, onde tantas noites as minhas mãos dormiram, estão desfeitos em torno da tua cabeça. Deixo-te. Fica de mim na tua vida a imagem de uma passante que não era como ninguém, que te amou e amou a tua arte. Nem sei se mais te amei do que a ela! Vejo daqui, deste canto, o *atelier*, janelas abertas para o luar. Lá dentro, há um bloco de mármore por esculpir. Dá-lhe a forma do meu corpo, num gesto de adeus... Chama-lhe... Mocidade... Trabalha. Sê um grande artista. Meu amor..."

QUEDEI ALI...

Quedei ali, amparado às grades. A sombra mística e sensual das árvores adormecia nas alamedas quietas, nos canteiros, na água inerte dos lagos. Entre as folhas esvoaçantes, já a luz era uma memória. Os troncos se desmanchavam em longas silhuetas trêmulas. Qualquer aspecto, qualquer som, o cheiro da terra, das gramas, das flores, a comunhão do ar e da pele, tudo o que vinha aos meus sentidos vinha convulsamente, abalando em repercussões exaustivas. Uma cigarra acordara, escardichara um ritmo brusco. E logo o silêncio voltou, mais amplo, mais pesado. Os cisnes, extáticos, estavam à espera do luar. Apareciam vultos, mulheres esmarridas. Palavras ecoavam, vagas, indistintas, de ansiedade, de desespero, de alegria. Palavras sem sentido, na alma do vento.

Depois, os largos portões bateram. Ficou o jardim sozinho, com a ressonância do que havia passado. Ficou o jardim a recordar.

A vida é um jardim fechado...

A BONDADE

O fim da vida é a bondade. Não a bondade cotidiana, fragmentada, descontínua, mas a bondade amor, sabedoria, beleza, que nos educa para compreender e admirar, e que não muda, e que não nos abandona.

Um mal-entendido doloroso tem desviado os nossos passos desse fim. Com os preconceitos que nos desorientam, com as contradições que nos perturbam, caminhamos ao acaso e não somos felizes. Quantas vezes, uma aspiração, que não chegamos a decifrar, nos detém, um longo momento, à espera de algum milagre... É diante de uma estátua ou de uma flor, é ouvindo música, é numa praia ou numa serra, é, repentinamente, na balbúrdia de uma rua... As migalhas de perfeição dos ancestrais, reunidas, vão despertar na nossa alma... O momento passa... E lá continuamos, vencidos e desertos...

UMA CASA

Uma casa em leilão entristece. Leva a gente a imaginar que é o fim, os restos de uma aventura que ali vão vender...

Havia uma casa minha amiga. Todas as tardes eu passava por ela, e ela me sorria do fundo do seu jardim pequeno, pintada de azul-claro, desse azul de certas manhãs de outono. Tinha uma janela aberta, e na janela, um casal de velhos muito risonhos sempre, muito aconchegados. Era o prazer mais puro dos meus dias a visão daquela casa e daquele par antigo.

Uma tarde, as janelas estavam fechadas. Na outra tarde, também. Assim, por mais de uma semana. Depois, um enterro... E ontem, leilão.

Nunca mais poderei olhar para uma casa em leilão sem me lembrar daqueles dois velhos, sem me lembrar daquela aventura que acabou...

ALEGRIA

*E*ra uma casa antiga de muitos andares. No último, vivia um violoncelista. Pobre. Triste. Mas com essa espécie de felicidade que têm todos os que não desejam. Móveis muito usados, retratos, livros, cadernos de música e o violoncelo.

Saía de manhã para as lições. Almoçava e jantava numa *crémerie*. À noite, quando não ia tocar em concertos, vinha cedo. Lia um pouco. Encostava-se à janela, a olhar Paris. Depois, agarrando o violoncelo, deixava a cabeça cair, e, dolentemente, dizia nas cordas algum trecho amado, de Shumann, de Beethoven, de César Franck.

Uma noite, bateram à porta do violoncelista. Meio espantado, ele foi abrir. Entrou uma rapariga loura, cheia de risos:

– Boa noite. Venho fazer-lhe companhia.

– A mim?!...

– Pois, então? E não se arrependerá de acolher-me... Adivinhe quem sou eu? Sou a Alegria!

– Ah! bem me estava parecendo. Mas enganou-se. Deve ir bater lá embaixo, nos primeiros andares. A Alegria é dispendiosa... é para os ricos... Aqui, repare: há tanta pobreza.

A rapariga fez um amuo. Desceu as escadas.

E desde aquela noite, o violoncelista ficou mais triste, com saudade dela, por saber que ela existia...

MEMÓRIA

*T*raziam-no para ali, todas as manhãs, todas as tardes, para o canto da janela, de onde ele avistava, tremulamente, os canteiros, as árvores, as estátuas, os repuxos do jardim e, distante, a montanha sempre azul, coroada de névoas.

O médico permitira que lesse. No entanto, mais do que sentir as palavras dos livros e os aspectos de fora, ele gostava de esconder os olhos sob as pálpebras, evocando a felicidade que tinham sido as alucinações, os delírios da febre, durante o tempo em que a moléstia prendera o seu corpo desfeito, macerado. Existira uma vida melhor, que não esquecia mais...

Um dia, a febre deixou-o. Começou a convalescença, muito cuidada, dentro do quarto, junto da janela. Tudo perdeu. Restava a memória... Era um desterrado, agora.

Uma grande dor então o sacudiu:

– Para que foi que me curaram?!...

A CIDADE DOS CREPÚSCULOS

Paris é a cidade dos crepúsculos.

Desde os últimos dias de setembro, quando o outono se anuncia no gesto de arrepio das mulheres, nas folhas que se douram, nas brumas esparramadas – Paris tem o seu tempo de revelação. Ao anoitecer, o céu é cor de ametista em cinza. As torres, as casas altas, os monumentos lentamente se desfazem, ficam em sombra, em silhueta. Das gentes que passam não se distinguem as feições, quase não se distingue o sexo... Calças e saias, chapéus de veludo e chapéus de coco, sedas caríssimas e lãs baratíssimas, tudo é o mesmo ponto ambulante, apressado ou vagaroso, que lá vai...

Apenas a *midinette* pode ser reconhecida, porque ninguém caminha como a *midinette*. O seu andar, pulado e miúdo segue dentro da indecisão do resto, inconfundivelmente...

... Pelo extenso das pedras, junto ao cais, eu ia. Iam comigo a alma de Jules Laforgue e o meu cigarro...

Já as arcas dos alfarrabistas se fecharam. As minhas mãos tinham um gozo felino, ao tocar velhas gravuras, velhos livros...

Debruçado para a água, eu sorria à imagem do céu morrendo como um olhar...

E Notre Dame era o meu lar de sonho e de piedade. A grande rosácea ainda brilhava. Lá dentro, o órgão punha uma carícia *in extremis* no silêncio...

BRUGES

    Bruges, num dia de maio tu acolhestes a minha vida. Havia uma feira ingênua na Grande Place. No *beffroi*, o carrilhão cantava um ar quase alegre da velha Flandres. As janelas das antigas moradas tinham vasos de rosas e cravos. Junto dos nichos, às esquinas, lâmpadas acesas rezavam em luz a Nosso Senhor – que ainda uma vez mandara a primavera.

    Era a primavera, Bruges. Em todas as árvores brotavam folhas, em todos os canteiros nasciam flores. O sol tingia tudo de um ouro pálido, derramava-se pelas águas, brancas de asas, as tuas águas, que são as tuas olheiras...

    Assim me surgiste, na primeira manhã, como te sentira Mallarmé:

> *multipliant l'aube au defunt canal*
> *avec la promenade éparse de maint cygne...*

    Mas eu te sabia de cor... Sabia que não era essa a tua hora...

    Quando entardeceu, fui pelas calçadas quietas, adormecidas. A alma de Jean Rembrandt ia comigo, e já nas nuvens Memling andara espalhando as cores do poente. Às soleiras das portas, velhinhas tangiam bilros, na última claridade. A renda apontava nas almofadas, os olhos tremiam de cansaço. Vestidas de negro, uma touca na cabeça, pareciam pintadas por algum primitivo, e ali pousadas, de uma em uma, a sorrir e a fazer renda...

Tu és cidade das rendas, Bruges. Um livro remoto da tua biblioteca diz que, há muitos séculos, existia contigo uma rapariga loura, de nome Serena; fiava o linho, desde a aurora até a noite, para o seu sustento e o de três irmãs crianças. Malgrado tanta fadiga, sempre as despesas seguiam além dos ganhos. Serena tinha por noivo um aprendiz de escultor. Entretanto, nem ousava pensar no casamento, em meio da miséria que lhe entristecia o lar. Desesperada, prometeu à Virgem: – Santa Virgem! Se me dás um meio de socorrer as minhas irmãs, renuncio à felicidade, renuncio ao amor, e entro para o convento.

No domingo seguinte, sentada, em cisma, a uma sombra do campo, três aranhas vieram formar sobre o avental da rapariga, uma teia de fios leves, compondo aos entrelaços, um desenho estranho e lindo. Ela compreendeu: a Virgem a escutara. Levou para casa a teia maravilhosa. Com seu linho mais fino, procurou imitá-la. Os fios se embaraçavam. Pôs uma haste de madeira ao fim de cada um. Para conservar o trabalho, prendia com alfinetes o que estava pronto, em cima de um travesseiro. Acabada a renda, as grandes damas do tempo a disputaram. Serena continuou. Nunca mais houve falta de pão no lar. E a Virgem desceu do céu, num sonho, e livrou Serena da promessa. E Serena casou com o escultor e viveu feliz. E teve muitas filhas, às quais transmitiu o segredo da sua arte, arte que passou de geração a geração... arte de quimera, renda de Bruges...

Por isso, mal os meus olhos te viram, do alto do *beffroi*, ao esmorecer do crepúsculo, com os teus telhados, os teus canais imóveis, entre pedras, ramos, caminhos... as tuas pontes, o teu abandono, – tu foste bem a Bruges morta de Rodenbach, morta sob um sudário de renda que a noite ia estendendo sobre ti, renda de bruma, renda de sons a cair das torres...

EM VENEZA

Os sinos cantam entre as árvores. Um sol adolescente vem madrugar nos vidros da minha janela.

Acordo. É domingo. Um domingo todo em ouro... Logo uma chusma de pensamentos pousa em mim. Asas longínquas... E fecho os olhos para olhar Veneza.

Numa fina manhã de lá, não te lembras? Saímos os dois, diante do Adriático, e fomos pela praça, onde o leão nos recebeu. Os pombos, no meio de fotógrafos e vendedores de milho, esperavam os estrangeiros... O Palácio dos Doges e a Igreja punham uma sombra recolhida sobre o mármore do chão. O Campanille erguia, na claridade, o seu talhe sereno. Não te lembras? Andamos, depois, pelas ruetas, a atravessar pontes. Um lento veneno nos tomava... A tua voz ia evocando. As torres cantavam. Era como no Grande-Tempo... Veneza ressurgiu, dourada pelo dia, ao longo dos canais. Deixamos de ser dois pequenos burgueses de um país exótico... A ilusão fez-nos príncipes... Tudo nos pertencia...

... Quando despertamos, ao feitio dos bons aristocratas, não tínhamos dinheiro para voltar a Paris!... Por isso mesmo voltamos no trem de luxo, fumando cigarros do Cairo...

COIMBRA

Naquela noite branca, noite de fevereiro, quando pisei o chão de Coimbra, os meus olhos procuraram os choupos, fatalmente, como os olhos dos cristãos que chegam a Jerusalém, em vez de pousarem logo nas tabuletas dos hotéis, vão, ao longo da paisagem devota, em busca das oliveiras... E os choupos de Coimbra lá estavam, hirtos, sem folhas, contando à água do mondego, trêmula sob o luar, a lenda das suas sombras...

Coimbra, nesse instante, foi para mim um livro de orações. Mística, ao lado do convento onde o corpo de Santa Isabel descansa, a cidade sorria para o céu. Eu tiritava, romântico, encolhido no meu sobretudo, eu tiritava de frio e de paixão...

Era Coimbra ali. Ali vivera Camões. Por ali andara Antero de Quental. Ainda ecoavam, nas ruas adormecidas, os passos de Antônio Nobre...

Toda a paisagem era uma memória...

E dentro do silêncio ermo, soavam cordas, cantavam vozes... Um rancho de tricanas e a guitarra de Hilário...

Coimbra!...

O OUTRO LADO DA VIDA

LITERATURA PRECOCE

A pequenina alongou os braços, e disse, a sorrir, com uma voz muito lenta:
– Estas violetas estão pedindo ao senhor que as leve. Faça-lhes a vontade, sim?
Comprei as violetas.
– Muito obrigada. Não quer troco?
– Não. Quero que me diga a sua idade.
– Tenho onze anos.
– Pois, minha filha, continue... Você promete.

MULHERES E FRUTAS

    Paro diante de uma casa que vende frutas. Paro a tiritar, porque desta vez o frio é frio mesmo. A noite chega.
    Passam mulheres apressadas, escondidas em peles, vindas dos cinemas, das casas de modas, das casas de chá, e de outras casas.
    Que lindas são! Fico a olhá-las e a compará-las com as uvas, as peras, as ameixas e as maçãs que, ali, junto de mim, sorriem, excitantes e caras. Há principalmente uns pêssegos que me desvairam... verdadeiros pêssegos de pensão *chic*... Mas, aquela loira, fina, nervosa, em que pomar encantado teria nascido?... Lá se foi... desapareceu...
    Esta agora deve ser inglesa; é baixinha, quase gorda, bíblica... Parece um mamão, Deus me perdoe...
    Oh! a senhora Ema de Souza!... Cravo a vista nas tangerinas...
    Tantas mulheres... tantas frutas...
    Já a noite encobre a cidade. Esvazia-se a Avenida.
    Entro, então, e peço ao *garçon* uma salada de frutas...

O PIANISTA DAQUELE *BAR*

Junto do mar, que é meu amigo, vou todas as noites, honestamente, beber chá.

Dorme um amplo sossego, estirado na praia.

De quando em quando, o pianista do bar ameaça, com os dedos cismarentos, um tango, um *fox-trot*, e a *Tosca, a Eva*... Ameaça. Logo se arrepende. Boceja. Puxa o relógio. Acende um cigarro. Absorve-se.

Gosto desse pianista. Gosto, num sentimento que é gratidão e é temor. Gratidão, por ele não tocar. Temor, pelo romance que adivinho no seu ar derreado e sonhador, nos seus raros cabelos voejando em cima da calva, e, sobretudo, no seu fraque de elegia, soturno, plangente.

Todos os pianistas de *bar* têm um romance na biografia. O desse, hei de ouvi-lo. Já me cumprimenta, desde domingo. Pediu-me fósforos. Quando um homem nos pede fósforos, é fatal que nos prepara para uma confidência.

Estou à espera. Há coisas que só a mim acontecem. E já agora, enquanto o pianista não me contar o *caso da sua existência*, não descanso...

LEMBRANÇA

Aquela senhora muito loira, muito magra, muito inglesa, que nós encontramos, numa branca manhã de março (havia neve pelo caminho) dentro do comboio, no qual seguíamos, ai de nós! rumo da Suíça, – aquela senhora, dolente e fina, que aspirava éter espargido sobre violetas, – não te lembras? – era uma colecionadora de luzes... Com o seu *waterproof* e o seu *spleen*, vivia à busca de madrugadas, meios-dias, poentes, noites, fazendo, na memória, um museu maravilhoso. Era uma senhora de vagas semelhanças físicas com Oscar Wilde: o mesmo perfil cismarento, a mesma boca desgostosa... E que bem ela nos disse do alvorecer do dia, em Florença, no mês de outubro...

Parecia Miss Bell. Encheu-te os olhos de lágrimas, ao evocar Atenas, à hora do sol a pino. A mim, o que mais me comoveu foi ouvir contar de um crepúsculo na campanha romana. Mas nunca hei de esquecer a descrição de um luar no Bósforo...

Ah! era excepcional aquela senhora! E que lindas mãos! E que cabelos tristes!

Quando ela levou, por engano, a minha pequena *valise*, ao despedirmo-nos, em Montreux, nem imaginas como lhe fiquei agradecido. Verdade é que, na *valise*, iam apenas umas escovas, uns lenços, um frasco de dentifrício italiano, e um par de luvas...

Pode ser que ela também colecionasse objetos alheios...

O IDIOMA UNIVERSAL

Um riso parvo substitui todas as línguas. É o idioma universal. É o esperanto mais fácil e mais útil.

Por exemplo: em Antuérpia, no Hotel de Cologne, havia uma criada holandesa, que só falava holandês. Eu vivi no Hotel de Cologne quatro dias.

Durante esses quatro dias, a criada, que era loira e devia ter sido moça, vinha bater todas as manhãs ao meu quarto com o chá.

Eu me levantava, abria a porta. Ela punha a bandeja sobre a mesa de cabeceira, dizia coisas. Eu ria parvamente. Às nove horas, a criada voltava, dizia outras coisas; eu ria parvamente, e ela ia preparar o banho. Rindo parvamente, consegui tudo que desejava da criada; e mais conseguiria se mais desejasse. Na manhã da partida, com o mesmo riso parvo, deixei nas mãos dela cinco francos de gorjeta.

Ao despedir-me, o gerente, muito amável, exclamou:

– Oh! eu não sabia que o senhor falava holandês! Foi a criada que me informou.

E desandou a falar holandês. E eu a rir, parvamente a rir.

Foi em 1913.

Desde então, nem há chinês que me assuste!...

A MÚSICA AMBULANTE

...Como eu gosto dela, e com que saudade a escuto, em palavras ou sons, vinda de longe, do rumor da vida... Música das ruas, sempre a mesma e sempre diferente... Pregões, fados, realejos...

Um dia, enlevado, andei a seguir três guitarristas, de esquina em esquina... A música do fado tem uma nostalgia que dói, e os homens que a tocam, e cantam os versos ingênuos e profundos da toada, parecem cumprir um rito milenar...

Os realejos, ao contrário, são risonhos, contentes, cheios de uma alegria bem-aventurada, moam embora o mais lamentoso dos ritmos. Os realejos assemelham-se, um pouco, no íntimo, àqueles discípulos de São Francisco de Assis, que floresceram na Úmbria, pelo século XIII de Nosso Senhor Jesus Cristo...

MANEIRA DE VIVER...

A anedota goza, no Brasil, de um prestígio formidável. Formidável e justo.

Eu, por exemplo, sou devoto desses pequenos casos, nascidos não se sabe onde, espalhados não se sabe por quem. Foi uma anedota que me revelou a maneira, mais simples e menos aborrecida, de viver.

Para o bem geral, aqui a deixo:

Num domingo de missa solene, a catedral se apinhara de fiéis. Não havia mais lugar. Nem para uma bengala. Tudo cheio. O pregador fazia o sermão a respeito do Espírito Santo, ouvido no maior silêncio. De súbito, uma senhora, apertada ou descuidada, caiu do coro. Mas não caiu inteiramente. Segurou-se às grades e ficou suspensa, lívida, a gritar. O orador, ante o escândalo daquele espetáculo, interrompeu o discurso, exclamando:

– Que ninguém olhe para cima! Quem olhar ficará cego!

Ninguém olhou. E, lá no alto, os cantores começaram a tratar dos socorros à vítima.

Estava na assistência um soldado alegre. O soldado cismou... cismou e, decidido, pôs uma das mãos sobre um dos olhos:

– Ora, vou arriscar um olho...

E arriscou-o...

Tenho feito assim, na minha vida. Raro é o dia em que eu não arrisco um olho. E nunca me arrependi...

DESCUIDO...

O conforto não é propriamente o que eu exijo. Se me dessem uma razoável fortuna, havia de meter-me entre coisas d'arte, numa casa misteriosa, onde faltasse quase tudo. Como não me dão uma fortuna, nem razoável, nem outra qualquer, carrego os meus dias, à mercê de Deus, e ao modo de todo mundo, mais ou menos...

Isso, às vezes, me aborrece bastante. Com maior tristeza, no tempo do calor. Fico, então, infeliz, e até me queixo da vida. O meu único luxo é morar nesta rua silenciosa, quase aldeã. Mas, porque preciso de trabalhar, sou obrigado a ir à cidade. Vou, não posso deixar de ir. E de bonde, sufocando, suando... que horror!...

Ora, ontem, como não achasse lugar dentro do elétrico que me levou ao dever quotidiano, sentei-me no banco da frente, junto ao motorneiro.

A viagem começou. Um vento bom e amável pôs-se a ventar na minha fisionomia amuada, pôs-se a ventar e a dissolver as linhas carrancudas. Um bem-estar me tomou. Abençoei o vento. Sorri para o céu. Senti-me, de repente, desanuviado, alegre. Tomei posse de uma felicidade unânime...

E eu, que nunca me sentara no banco da frente! Que descuido! Por descuidos assim é que existe tanta gente desgraçada...

GENTE MODERNA

— Maria Lúcia!
— Oh! você!

E houve um vasto aperto de mão, de cima para baixo, tal qual nas fitas americanas.

Maria Lúcia descera de Petrópolis, mais magra, mais cor de marfim, com os olhos muito abertos dentro das olheiras imensas...

— Vamos tomar chá?
— Vamos tomar sorvetes.

Fomos. E Maria Lúcia, que nasceu em plena república, no meio desta democracia esparramada e insatisfeita – mas que é cheia de graça e fina, como uma fidalga airosa de há dois séculos, pôs-se a falar, a contar casos, os casos do seu verão. Quantos! E todos terríveis! Quase que me iam escandalizando. Gostei, depois. (Não houvesse eu ficado fiel à minha vocação de abade e confessor...)

Despedimo-nos diante de um cinema:
— Pois vou encantado de ouvir-te, Maria Lúcia.
— *I am very glad.*

Então, encontrei o meu amigo Virgílio, igualmente descido de Petrópolis. Efusões. Em seguida, disse-lhe os casos de Maria Lúcia.

— Mentira, tudo mentira! Exclamou. Maria Lúcia anda a narrar coisas imaginadas aos seus conhecidos que não estiveram em Petrópolis. Ela viveu quietíssima, recatadíssima. No único baile em que surgiu, segunda-feira de Carnaval, até recebeu censuras, tão séria se manteve. Não sei por que Maria Lúcia anda a inventar estroinices nunca por ela cometidas...

Ao certo, eu também não sei. Desconfio, entretanto, que é por pudor. Maria Lúcia receia, talvez, ser julgada uma menina ingênua, ou, pior ainda, uma pequena de juízo... Que descalabro passar por isso, num tempo assim, de vestidos assim...

UM VELHO COLECIONADOR

– Que é que o senhor está fazendo?
– Estou caçando moscas.
– Para distrair-se?
– Não, para colecioná-las.
– O senhor coleciona moscas?!
– Eu coleciono tudo.
– Ah!...
– Comecei a colecionar aos quinze anos. Primeiro, foram caixas de fósforo. Depois, selos. Depois, cartões postais. Mais tarde, quando entrei na idade madura, colecionei moedas e gravatas. Colecionei, em seguida, retratos de artistas de cinema... E, um dia... dia fatal!...
– Nesse dia?...
– Dei para colecionar as tolices dos meus contemporâneos. Ouvia-as, lia-as. Recortava as que lia, em jornais, revistas e livros, principalmente em jornais. Recortava-as, colando-as logo, com muito cuidado, num enorme caderno. As que me entravam pelas orelhas eram escritas com muito mais cuidado ainda, noutro caderno enorme, as palavras, os nomes e as profissões dos autores. Que coisa trágica, meu amigo! Que dolorosa coleção! Ela me arraigou na certeza de que os homens são infelizes, porque todos fogem de cumprir o seu destino, porque nenhum está contente com a sua sorte. Espantei-me! E espantei-me, sobretudo, por ver que

não há quem tenha opiniões a respeito da atividade própria, esclarecendo-se com elas.

    Os advogados falam em medicina. Os médicos falam em engenharia. Os engenheiros falam em farmácia. Os farmacêuticos falam em odontologia. E os dentistas falam de tudo... Cada qual, mesmo notável na carreira adotada, só pensa no que os outros, de rumos opostos, deviam pensar... Os pintores têm opiniões sobre as forças armadas. As forças armadas têm opiniões sobre a Câmara dos Deputados. Esta, então, santo Deus, tem opiniões terríveis! Os músicos acham que os comerciantes conseguiriam lucros maiores se dirigissem *desse modo*, *assim*, os seus estabelecimentos. E os comerciantes acham que os literatos não deviam compor as suas obras como compõem, mas de um jeito completamente diverso. E os literatos, coitados! Eles, apenas eles, não cuidam dos estranhos. Ficam em família... Ah! família desunida!

    Às tolices dos meus contemporâneos, pelo delírio em que me puseram, agradeço a minha entrada aqui. E aqui, para não perder o costume, coleciono moscas. É uma coleção inofensiva. Não quero saber dos homens. Causam-me pavor!...

    – Pavor? O senhor exagera. É preciso desprezar os homens com ternura. O abade Coignard tinha razão. Colecione moscas. Mas colecione indulgências também. Uma coleção de indulgências, se não traz felicidade, traz, ao menos, um longo sossego, e traz o sorriso, que é o mais sábio dos disfarces humanos. Arranje uma coleção de indulgências...

UM TIRO

– *E*u ainda dou um tiro naquele sujeito!

Há certos homens, neste mundo, que vivem assim, exclamando sempre, ferozes, contra um inimigo que é diverso todos os dias:

– Eu ainda dou um tiro naquele sujeito!

Não dão. Vociferaram a ameaça terrível, pela primeira vez, aos quinze anos. E continuaram a vociferá-la até os sessenta, vinte e oito, vinte e nove, trinta ou trinta e uma vezes por mês:

– Eu ainda dou um tiro naquele sujeito!

Afinal, uma noite, velhos, cansados, desiludidos, dão o tiro. Mas dão na própria cabeça, no próprio coração, em qualquer parte do próprio corpo, onde um tiro mata. Param diante de um espelho, gritam:

– Eu ainda dou um tiro naquele sujeito!

E suicidam-se...

UMA VISITA INESPERADA

Eu tinha acabado de almoçar e andara depois, abrindo e fechando livros, indeciso, sem ideias, a sorver, lentamente, a fumaça de um charuto, e a espalhá-la no ar... Afinal, não me defendi mais. Deixei que os passos vagarosos me levassem até aquela poltrona. Caí sobre ela com uma preguiça inelutável...

Era domingo. A preguiça dos domingos é um dos sérios prazeres da vida. Fiquei ali, deliciado. Uns sons vagos de piano davam piparotes simpáticos nos meus ouvidos. Vozes confusas e risos em eco, de gente que seguia, rumo do futebol, misturavam-se, na hora lânguida, ao rumor dos automóveis pelo asfalto.

Fechei os olhos, pouco a pouco... Dormi...

Quando acordei, ele estava diante de mim, nu, e perguntava-me:

– Não me conheces?

Pus-me de pé, escandalizado. Perguntei, vermelho de espanto:

– Quem é o senhor? E que intimidades são essas de entrar na sala de trabalho de um homem honesto?

– Não me conheces então?

– Não, senhor.

– Ingrato!

– Oh! Mas não há polícia nesta cidade?!

– Se te chamei de ingrato, meu amigo, não quis ofender-te. Vou confessar quem sou...

– Confesse. E não me trate por tu.

– Sou o Brasil. Ando nu porque me descobriram. De 22 de abril a 3 de maio, todos os anos, ando assim, por celebração... O intervalo entre as duas datas, a primitiva e a atual, é um tempo contente, que eu aproveito, divertindo-me.

– Querido Brasil!... Como havia eu de reconhecer-te nesse corpo forte, nessa alegria que te esbraseia, de cima a baixo. Disseram-me tanto mal de ti, que estavas doente, que não passavas de um imenso hospital... e que eras estupidíssimo...

– É um gosto do meu povo: dizer mal. É mais do que gosto, é hábito...

– Tens queixas do teu povo, e queixas muito naturais...

– Não, não tenho nenhuma queixa. Amo-o assim. Assim é que ele deve ser. O meu povo não pensa. E eis uma qualidade notável. O meu povo bate palmas e atira pedras. É infantil, é ingênuo, é feliz. De vez em quando, enche-se de paixão por mim e, enquanto a paixão dura, não existe país que se me compare... Em seguida, extinto o entusiasmo, vocifera, maltrata-me. Não me incomodo. Cada qual conforme Deus o criou. Eu cultivo a indulgência e o otimismo. Recebo as palavras de crueldade... Se me alcunham de perdido, – sorrio. Se me declaram maravilhoso, – sorrio ainda. Não vale a pena sofrer. Sofrer é uma distração aborrecida. Deixo o tempo fugir... Um homem antigo, da Grécia, chamado Demócrito, afirmou que o bem supremo é o bom humor, e é nada temer, e é viver serenamente... Concordo com ele.

– Eu também. O que me não impede de indagar a tua opinião sobre as festas do Centenário...

– O Centenário da minha independência?... Não sei. Creio que vão cantar "O Guarani"...

– Vão.

– "O Guarani" perturba enormemente a reputação de que eu poderia gozar nas terras estrangeiras. Agora, desde que entrei, no "concerto das nações", seria razoável uma substituição de partitura. Carlos Gomes foi muito interessante. Teve, como se costuma dizer, "a sua época". Ora, a época de hoje, ao menos na aparência, mudou um pouco. Deviam mudar, do mesmo jeito, aquela música sem modos por outra mais comedida, mais diplomática... Pois não viveram Leopoldo Miguez, Araújo Viana, Glauco Velasques, Alberto Nepomuceno? Não vivem uns três ou quatro compositores excelentes?...

– Viveram... vivem...

– Oh! aqueles índios! aqueles índios! E o mundo inteiro a imaginar que eu só produzo índios, índios tenores, índios coristas!...

– Na verdade, é comprometedor "O Guarani". Entretanto, o teatro servirá de compensação. O teatro nacional toma parte no programa.

– Sim? Resta saber qual das atitudes receberá a honra de ser posta no programa. Há duas atitudes que ficam bem representadas em duas atrizes: a circunspecta Itália Fausta e a brejeira Otília Amorim. A protagonista da *Ré misteriosa* para numa extremidade. Na outra extremidade para a figura principal de *Vamos deixar disso...* Entre elas, aparecem, como nuanças, Apolônia Pinto, Adelaide Coutinho, Lucília Peres, Abigail Maia, Iracema de Alencar, Ema de Souza, Davina Fraga, Sílvia Bertini, Alzira Leão, Céu da Câmara, Pepa Delgado, Júlia Martins, Laís Areda, Wanda Rooms...

– Supomos difícil a escolha...

– Talvez, por essa dificuldade, o teatro nacional não consiga um pequeno lugar na lista das solenidades...

– Ou, então, pode acontecer que o diretor do Patrimônio da Prefeitura contrate com o empresário vitalício do Municipal uma companhia francesa, italiana, espanhola ou portuguesa, para "preencher a lacuna"...

– Tudo é possível.

– Se não, contenta-se com o arrasamento do Morro do Castelo e a Exposição Universal...

– Contento-me com qualquer coisa...

O caro Brasil sentou-se e, sem nenhum propósito, contou-me uma anedota. E, atrás dessa, mais uma dúzia...

Era uma noite escura, quando nos separamos.

Que visita inesperada! Mas que rapaz agradável!

E...

... *E* fico a ver navios. É um passatempo. O mar, por ser sempre o mesmo, é diferente sempre. Às vezes, verde, com franjas de espuma. Outras vezes, azul, parado, imóvel. Em certas manhãs, parece uma cauda de pavão... Eu gosto do mar. Paro, horas esquecidas, na areia da praia, olhando as ondas, marujamente, cheio de uma nostalgia deixada em mim pelos portugueses meus ancestrais... E fico a ver navios...

É o que tenho feito em toda a minha vida...

A CIDADE MULHER

MULHERZINHA

 *T*odas as manhãs, no mesmo bonde, ela é minha companheira de viagem até a Rua Marquês de Abrantes. Vai para o colégio. Senta-se no primeiro banco, de frente para os outros passageiros. Traz um jeito de fadiga nos olhos, na boca. Parece distraída. A aia que a acompanha entrega, displicente, uma das mãos. Na mão solta, leva sempre rosas. É engraçada assim, com o seu rosto de grande sobre o corpo quase sem curvas, metido no uniforme escolar, azul, branco, tons de vermelho no peito e na cintura. Os cabelos cor de fumo claro mal se mostram debaixo de um chapéu de palha, negro, abas longas. Diante dela, não sinto em mim o maravilhado prazer que me dão, através dos óculos, as crianças, bonitas ou feias, bem vestidas ou esfarrapadas. Não seria capaz de tratá-la com intimidade. Se lhe chamasse "minha filha", havia de pôr nessas palavras uma expressão muito distante de paternal...

 Tão preocupada, tão tristonha, tão vivida!... Que mulher terá sido essa menina?

IDEIA

Ser mulher bonita... Não há nada tão útil. Além do resto, a mulher bonita encontra sempre um número enorme de facilidades em tudo.

Esta ideia me veio por causa daquela chuva da outra semana.

Tomei o bonde em Copacabana, rumo da Avenida.

O bonde que tomei ia alagado. E cheio de passageiros. Entre os passageiros, uma mulher bonita. Nem magra, nem gorda, muito branca, vinte e oito anos.

Vinte e oito anos, sim. Nunca notaram que as mulheres de vinte e oito anos têm um encanto diferente das mulheres mais moças ou mais velhas? Essa, que ocupava o terceiro banco, tinha o tal encanto. Eis por que lhe descobri a idade.

Eu estava atrás. E pude reparar na comodidade em que ela viajava com um velho já bem invernoso, à direita, e um moço perfeitamente primaveril, à esquerda.

O velho havia aberto, ao jeito de guarda-chuva, resguardando-a, o *Jornal do Commercio*. O moço, de instante a instante, passava o lenço nas costas do banco, arrumava as cortinas, mexia-se todo como para fazer calor.

– Parentes, pensei.

Não eram parentes. Nem eram conhecidos. O moço desceu em frente ao Lírico. O velho desceu na Rua de Santo Antônio. Encharcados os dois. Encharcados estavam comigo todos os passageiros. Ela saltou na Avenida, leve, risonha, enxuta, mais branca na manhã sem sol...

MANIA ABORRECIDA

Antigamente, entre gente cristã, era de uso fechar os comentários sobre "maus passos" alheios com esta pequena frase:
– Falta de religião!

A falta de religião explicava tudo que de pouco honesto, segundo as pessoas graves, acontecia sob o sol, ou sob as estrelas (quase sempre sob as estrelas). A falta de religião fez vários casamentos e desmanchou diversos lares, antigamente.

Agora, a "imoralidade social", pública e privada, tem explicação nova: o cinema. São as fitas, afirmam, que espalham a semente corruptora, a terrível semente. Ela entra pelos olhos, passa pelo sangue e vai florir e frutificar lá dentro...

A mania de querer explicação para tudo! É assim que se estraga o que há de mais interessante neste mundo...

DE VOLTA DE UM ESPETÁCULO

    *L*ucília Simões extasia e desvaira, com o seu corpo felino, ao mesmo tempo vertiginoso e descansado. Não lhe bastam os cinco sentidos da gente humana. Ela inventa outros, cada noite, consciente e alucinada... Dentro dos gestos da sua elegância estranha, feita de beleza e fealdade, vêm todas as evocações. Essa artista, que não agradará às turbas numerosas, consente, entretanto, em aparecer no repertório aplaudido. Nascida para revelar criaturas, ela não se importa de interpretar papéis com exceções bem raras. Mas a saudosa Nora põe nas cenas em que toma parte um ar tão diferente, que, pouco a pouco, envolve as almas numa comoção profunda, e há mãos que instintivamente se estendem para o palco, onde a mulher, toda a mulher, vive, real, eterna, por uns instantes que passam...

MULHERES

As norte-americanas, ao longo de fitas cinematográficas, têm desviado muito (mas muito) da admiração fascinada que envolvia as filhas das duas margens do Sena. Flores de terra mais nova, as mulheres do país dos dólares aparecem cheias de vida, nítidas, numa ronda de primavera sempre acesa. Falta-lhes, entretanto, o ar de Paris, névoa sutil, ritmo lento, graça e melancolia... aquele bom ar de Paris, que, como está na *Educação sentimental*, parece conter eflúvios amorosos e emanações espirituais...

Quedei, pensando assim, diante de uns retratos de Mona Delza, que a morte levou, há quase dois anos. Ela era mais do que uma simples transeunte da vida. No êxtase da sua beleza, havia qualquer coisa de longe do mundo, qualquer coisa que lhe dava uma ascendência remota, um passado distante, perdido entre as fontes e as árvores, nas florestas luminosas, nos bosques musicais, onde os passos divinos ressoavam. Os deuses mandaram buscá-la cedo para que ela deixasse, junto dos homens, uma lembrança de perfeição e "uma alegria para sempre"... Os olhos que a viram hão de envelhecer contentes. E essa criatura menos ficará na memória do que na imaginação, como as rosas, os crepúsculos e as palavras de amor que o vento leva...

CUIDADO!...

Oh! O meu pavor dos pessimistas! Eles são mais nefastos, fazem um mal muito maior do que o éter, a cocaína, a morfina, o ópio e outros venenos cenográficos perseguidos pela polícia.

Contra eles é que se devia abrir uma campanha sem pausa. Há milhares por aí, nas esquinas, nas livrarias, nos cafés, nos bondes, em toda a parte. De olhar feroz, boca espichada, vão chamando e espalhando fluidos ruins pela cidade. Conheço de fama alguns. Muitos, de vista. E, infelizmente, um, de fama, de vista e de ouvido. Aparece, de quando em quando. Abre a porta, dá comigo, grita: "Ah!" No grito põe o espanto desapontado de me encontrar com saúde e contente. É incapaz de pronunciar: bom-dia, ou boa-tarde ou boa-noite. Firme no seu mau humor intransigente, se pudesse, cumprimentaria assim: "Horrível dia, horrível tarde, horrível noite". Como não pode, por um resto de pudor, resume tudo no "ah!" escandalizado. Depois, atira o corpo, com um suspiro, sobre a poltrona e começa... Descompõe o mundo inteiro. Ameaça. Inventa. Calunia. E quando percebe que eu estou suficientemente sucumbido, sai, grande, profético, abracadabrante. O dinheiro que esse homem tem me obrigado a gastar em alfazema!...

DANÇA AO SOL

As modas que vêm de França são logo adotadas e muitas vezes ampliadas aqui. A marca de Paris é a irresistível marca. Vestidos, chapéus, sombrinhas, sapatos, luvas, lenços, perfumes, ideias, e o grande resto – tudo que chega da cidade-alma encontra uma enorme e bem escolhida clientela entre nós. Entretanto, ainda não quisemos receber as danças antigas, os bailados gregos, à luz do sol, sobre a terra nua... Seria lindo. Isadora Duncan, quando deu ao Rio a sua evocadora sedução, dançou uma tarde em Copacabana, diante do mar. E nunca a praia maravilhosa foi mais bela. Por que não bailarão assim as cariocas, agora que a primavera voltou?...

SINA

*P*ensando bem, sem vaidade, nós nos parecemos muito com os gramofones. Reparem, escutem, nas ruas, nas confeitarias, nos bares, ao anoitecer. Toda a gente assobia, trauteia, cantarola: simples melodias populares, trechos de óperas, frangalhos de operetas, músicas de danças, marchas militares... Caminhem, ao longo da Lapa, entre as onze e a madrugada, quando faz luar. Em cada esquina, ou junto do jardim, ou à sombra jurídica de Teixeira de Freitas, encontrarão um enxame de vultos femininos e melancólicos. Todas as canções de Paris, e árias da Rússia, da Polônia, da Áustria, e o fado e a modinha saem daquelas bocas e perdem-se no ar... Entrem num *club*. Acerquem-se das mesas. Diante dos copos pela metade, mandolinatas murmuram, estalam evocações de castanholas, e o *Luar de Paquetá* abusa do seu prestígio nacional... Nas salas de espera dos cinemas, nos teatros, nos grandes hotéis; na hora em que as missas acabam, nas corridas, nos campos de futebol, no *footing*, nos restaurantes elegantes e nos outros; nas casas confessáveis e nas inconfessáveis; em Copacabana, na Tijuca, no alto do Pão de Açúcar, no Saco de São Francisco, aqui, ali, lá, em qualquer parte onde exista um ente humano, homem, mulher, velho, criança, existe um gramofone... Que havemos de fazer? É sina. Podia ser pior...

POIS DANCE AGORA...

Arlequim nasceu em Atenas, quando o sol andava na adolescência e ainda não se publicavam jornais. Naquele tempo, havia uma graça feliz na vida. A Liga pela Moralidade era um gérmen perdido na grande natureza... Afrodite saiu sem roupa do mar e ninguém protestou. Ao contrário, foi até muito aplaudida. À sombra das oliveiras, acompanhando pelo céu sem nuvens o voo alegre das cegonhas, Arlequim, meio nu, meio vestido, sorria... O sorriso de Arlequim fez o primeiro comentário, verdadeiramente filosófico, sobre o mundo e seus habitantes. O velho Sócrates aproveitou-o para inventar a ironia. O tempo caminhou. A Terra envelheceu. Mas Arlequim continuou igual. Só mudou de figurino. Ele assistiu aos vários espetáculos, mais ou menos interessantes, da chamada evolução humana... Cada época, das que vão surgindo e desaparecendo, supera a anterior; e a última, se acontecer que alguma dê em última, realizará a perfeição... Como será a perfeição? Quem sabe se ela já não existe junto de nós, sendo hoje, no nosso julgamento, imperfeitíssima?... Arlequim gosta de viver, embora tenha que ir, todos os anos, ao Baile dos Artistas... Esse baile reproduz o destino das pessoas infelizes: está sempre para melhorar... Arlequim, de casaca preta e *loup*, percorreu, nas quatro noites contentes, os salões de dança. As cigarras seguiram o conselho daquela remota formiga: puseram-se todas a dançar...

– Então, eu sou cigarra?...
– Você tem sido tanta coisa, minha filha... que lhe custa mais esta?...

TRANSEUNTE

*E*ra linda e pequenina, do tamanho de uma grande boneca. Trazia um chapéu vermelho escondendo os cabelos negros. Tinha a boca da cor do chapéu e os olhos da cor dos cabelos. Dizia que se chamava Nilza. Mas, um senhor de Minas Gerais, que nos encontrou juntos, veio informar-me (não sei por que...) que o verdadeiro nome dela não era Nilza. Nem me lembro já do verdadeiro nome dela. Há tanto tempo que isso aconteceu. Não me esqueci, entretanto, de uma chusma de tolices que fizemos. Coisas de crianças sem maldade. Houve até um silêncio longo entre nós dois... Foi a nossa tolice maior, naquele dia. Depois, ficamos a esperar... E não sabíamos o que esperávamos... Eu murmurei por fim: "Até amanhã?" Ela respondeu: "Se Deus quiser..."
  Deus não quis... Estou errado?...

AQUI ESTÁ

A terra carioca tem o tempo da vida contado às avessas. Os anos vão passando, ela vai ficando mais nova. Quem a procura, na lembrança dos dias coloniais, encontra uma velhinha tristonha, de nome cristão e vista fatigada, em frente ao mar... Cidade de São Sebastião do Rio de Janeiro. Durante a permanência de D. João VI, a velhinha desaparece. E lá está, entre os uivos da rainha doida e os primeiros lampiões urbanos, uma grave matrona vestida sem gosto nenhum... Com D. Pedro I, ei-la chegada ao outono, já bem-posta, aparecendo nas igrejas, nos salões, no teatro... A Regência deixa-a na mesma idade. Pelo meio do Segundo Império, ela rejuvenesce escandalosamente... Quando se proclamou a República, andava a terra carioca nos seus vinte anos... De então para hoje, ficou assim... Menina e moça, pouco a pouco se desembaraçou, perdeu o ar acanhado, quis viver... O corpo tomou o ritmo das ondas, a graça das árvores esguias. Tem um resto de sonho nos olhos, o voo de um desejo alegre nas mãos... Mulher bem mulher, a mais mulher das mulheres... Conhece o presente. Adivinha coisas deliciosas do futuro. Mas, não lhe falem em datas, épocas, feitos, criaturas do passado... Não lhe falem, que se atrapalha. Em compensação, enumera todos os costureiros e chapeleiros de Paris... diz de cor a biografia de todos os artistas de cinema... entende de *sports* como ninguém entende... Conversa em francês, inglês, italiano, espanhol... Ama os poetas... Toma chá com furor... E dança tudo... É linda!...

À BEIRA-MAR

Que lindo dia!

Perto do mar, nestas manhãs de agora, é uma alegria a vida. Junho, passadas as chuvas, abriu no ar um sorriso contente, um sorriso em que há ouro, violeta, cinza, entre a terra verde e vermelha e o céu azul e branco.

Não é "uma dessas orgias de cor que faziam rir os olhos de Rousseau", como sentiu Fialho. É antes uma festa de primeira comunhão...

Os dias despertam virginais, com névoas que logo se esgarçam e desaparecem, batidas pelo sol, o sol de junho, amorável sol do mês dos santos mais festejados, para os quais sobem chamas de fogueiras irmãs daquelas cujo calor, antigamente, ia aquecer os deuses que adormeceram...

A graça e a beleza pairam sobre a cidade.

Que bom viver!

Vou andando, feliz, e todas as criaturas que encontro são felizes da mesma felicidade. O mundo retornou à juventude.

Como esta luz é nova! Como este frio é alegre!

Há palavras de sabedoria soltas na claridade...

Vou andando, encantado. Vejo tudo pela primeira vez...

Na praia, saída das espumas, uma banhista parou. O vento álgido nem de leve a perturba. Tem qualquer coisa de estátua. Tem qualquer coisa de onda. Caminha, depois, a afundar com volúpia os pés brancos na areia. Deita-se, mais longe, harmoniosamente, cotovelos no chão, as mãos perdidas nos cabelos... E, sem pensar, talvez, mostra nas curvas do corpo o êxtase dos cisnes e a raiva das panteras... E está dançando, sem saber, tal qual os pássaros voam, as fontes correm, as folhas caem...

A dança é a inteligência e o instinto da natureza, é a sensibilidade do que parece morto, é o ritmo do que vai nascer... Atitude ou movimento, ideia ou imagem, a dança tudo envolve. As rosas abrem-se dançando... dançando a fumaça se esvai...

Volto ao mar. Não é mais dia e ainda não é noite. Nesta hora em que os deuses do silêncio acordam, Copacabana toma todos os meus sentidos. O horizonte sem fim, o cheiro de saúde que ascende das ondas, o gosto bom da neblina, a música das espumas, desmanchando-se, um afago sutil que pousa o rosto, que pousa as mãos, tudo isso, isso tudo, lentamente, longamente me extasia...

Trago a visão daquela banhista.

O estatuário Rodin gostava de repetir que o corpo da mulher é uma obra-prima. Essa obra-prima, o mar a revela, serena e pura, no deslumbramento original; desvenda-lhe a harmonia profunda, despe-a de ofensa com que a desvirtuam vestes e recatos.

O mar é mais inteligente do que nós pensamos e desdenha dos nossos pobres preconceitos com um humorismo que não conseguimos compreender...

Foi do mar que Afrodite nasceu, numa alvorada de primavera. A memória do mar, escondida no mistério das águas, guarda a saudade desse natal radioso. E todas as mulheres que ele envolve na ondulação do seu amor renovam o mesmo milagre, o único milagre que se realizou no mundo...

FECHO DE INVERNO (1921)

O fim da estação pertenceu aos poetas. Nunca, antes de 1921, eles tiveram mais admiradores, e nunca preocuparam tanto as sensibilidades... Foi, primeiro, Paul Fort. Depois, Guilherme de Almeida. E um encanto inesperado encheu as tardes da Avenida. As conferências, na Biblioteca, sobre os mortos que deixaram versos, as horas na sala da senhora Ângela Vargas Barbosa Viana, o concurso da Academia, o recital da senhorinha Margarida Lopes de Almeida (que seria a nossa maior artista teatral se quisessem, de verdade, fazer o teatro brasileiro) e os livros recém-publicados deram aos últimos dias do tempo elegante do Rio, a ilusão de ser ainda aquele tempo em que a rainha Maria Antonieta reunia em Versailles, quando as águas cantavam, os últimos homens inteligentes do século XVIII. E houve, no mundo das musas, um acontecimento sensacional: o poeta Felipe D'Oliveira ressurgiu. O autor da *Vida extinta*, que trocara as palavras rimadas pela prosa magnífica, reabriu, um dia, o seu Baudelaire e teve que traduzir a *Invitation au Voyage*, maravilhosamente. Agora, já na primavera, resta, como recordação dos meses excepcionais que acabaram, o *Jardim das confidências*, de Ribeiro Couto, jardim de inverno com acalantos de estufa, figuras de sonho, frases que despertam no silêncio, e que ficam dizendo, longamente, coisas de ternura, de ironia, de saudade... E restam os *Escombros floridos*, de

Onestaldo de Pennafort, um menino quase e já dono da sua arte, na qual há um pouco de flor e um pouco de mulher...; e *Madrugada*, de Castro Lima, promessa de um dia belo; e, *Na penumbra do sonho*, de Maria Sabina de Albuquerque, onde à procura da luz, aparecem, de página em página, esplendores e reflexos; e o *Outono*, de Mário Pederneiras, as páginas derradeiras daquele doce e caricioso Mário Pederneiras, puro entre os poetas, bom entre os homens.

JOÃO DO RIO

    Paulo Barreto, aquele maravilhoso João do Rio, foi o homem excepcional que, num país onde ninguém tem tempo para nada, tinha tempo para tudo. Diferente sempre, sempre inquieto, carregava dentro d'alma uma chama, viva, perene, de entusiasmo que lhe trazia às palavras, em certos instantes, um divino esplendor. Em tudo que dizia, em tudo que escrevia, apesar do disfarce irônico, a sua bondade andava, feita de espanto e pena, sorrindo tristonha para os que não eram bons, acalentando com doçura os ingênuos, os simples, os desgraçados...
    A morte que o colheu, rápida, sem agonia, em plena rua, foi talvez a realização de um desejo dele, que soube realizar todos os desejos. Os que lhe acompanharam a vida puderam sentir a vontade que o levava. Paulo quis ser a inteligência tornada energia, numa claridade maior, de instante a instante. E, por dias longos de luta foi revelando ao pasmo encantado, ou melindrado, dos que o olhavam, a elegância de um raro espírito, dono de uma capacidade de trabalho miraculosa, a desdobrar-se continuamente, continuamente a subir... Não achava pausa a sua curiosidade. O seu labor nunca encontrou desânimo. Por isso mesmo, escreveu num dos seus últimos livros:

Eu admiro os fortes. Admirar a força é saber resistir-lhe, é querer ser-lhe igual, é desenvolver a atividade para o ser. Os perigos não existem quando há a certeza de os enfrentar.

Venceu, indiferente aos apupos, indiferente aos louvores. Disse um dia:

A vida outra coisa não tem sido senão uma conflagração de zeros contra alguns números afirmativos. Por fim, os zeros colocam-se no seu lugar, e o futuro não os vê para ver aumentadas pelos zeros à direita as afirmações das unidades que contam.

Ele foi um filho enamorado destas ruas, destas paisagens. Amou-as sempre. Quando voltava das viagens ia em visita de saudade a todos os bairros, a todos os recantos. Da viagem de agora não há de voltar... Mas, é na terra carioca que está descansando, descansando enfim...

OLEGÁRIO MARIANO

— Alô... é você, Álvaro? Eu estava sozinho no meu quarto. Olhava o céu. Uma andorinha ia e vinha pelo céu. Fiz estes versos:

CANÇÃO TRISTE

O vento é manso, a tarde é calma.
Chora uma fonte... Que haverá pela minh'alma?

Há pouco, o meu perdido olhar
Sem ânsia, sem desejo,
Vagamente se pôs a acompanhar
No espaço azul a desvairada linha
Que uma andorinha abriu no espaço...
Tão triste e tão sozinha!

– Se ela voltasse! Foi tão nervoso o seu beijo!
Tão doloroso o seu abraço...

Que saudade me trouxe esta andorinha!

Já sentiram que são versos de Olegário Mariano... E tão lindos, que os decorei logo.

Durante dois meses, a rua ficou sem o seu poeta. Fechado em casa, perdido na cama, mais magro, com os olhos alongados pelas olheiras, ele não perdeu, entretanto, o prazer da vida e do trabalho.

Fez versos, fez crônicas, fez até vagas perversidades. E mais que tudo isso: escreveu um pequeno ato: *Arlequinada*, cheio de sensibilidade e cheio de graça, elegante e perturbador. Só por essa *Arlequinada*, não quero dizer mal da doença que o prendeu tanto tempo e da qual voltou, trazendo nas mãos ainda trêmulas a *Cidade maravilhosa*.

O nosso ancestral Honoré de Balzac dizia que, para um artista alcançar a glória, tinha que conseguir, primeiro, a admiração das mulheres. Olegário Mariano, sem querer, sem saber, unicamente pelo encanto da sua musa enternecida e lânguida, tomou conta, há muito, das almas femininas do Brasil. A glória, pois, está com ele.

E não são apenas as mulheres que o admiram. Quem deixará de admirá-lo na suave espiritualidade de tudo que escreve?

A *Cidade maravilhosa* tornou mais bela a nossa bela terra carioca: deu-lhe o ritmo envolvente de uma juventude sempre nova, nunca exausta de cantar, como as cigarras. Dela nos ficam as paisagens noturnas, de melancólica evocação, sob a chuva e à luz do luar, com o vício errante, o *cabaret*, o amor, o vagabundo lírico... Depois, a estrela tresmalhada, confidências sentimentais, coisas passadas, coisas perdidas... e a guardar tudo, aquela rapariga a quem ele diz adeus ao fim de um sonho, mas que a gente bem adivinha que não se vai embora, aquela rapariga, "folha morta, quase menina" – sorriso doce que caiu dos lábios da vida e ficou sorrindo docemente...

Ela é a poesia de Olegário Mariano.

RIBEIRO COUTO

*E*ntre os autores modernos da nossa literatura, nenhum é mais impressionante do que o sr. Ribeiro Couto. Dono de uma sensibilidade sempre atenta, com um espírito comovido por todas as imagens do mundo, que ele transforma em poemas e histórias, nesse homem irrequieto há um músico maravilhoso, misto de Chopin, Debussy e algum vago fazedor de canções vividas. O seu livro de versos, *Jardim das confidências*, no qual cada palavra é uma carícia lenta, nevoenta, apareceu meses antes dos volumes de contos: *A casa do gato cinzento* e *O crime do estudante Batista*. Entretanto, para quem leu um e outro, a impressão é de que os contos nasceram antes dos versos, apesar de escritos depois... As coisas ditas em prosa têm evidência maior. A pequena humanidade que se agita dentro da *Casa do gato cinzento*, e nas novas páginas, descobre o poeta, em viagem por almas estranhas (seriam tão estranhas?), ansioso, embora não pareça, por encontrar a alma que, finalmente, encerrou no seu próprio destino, cantando...

Falei em Chopin, em Debussy, nalgum vago fazedor de canções, para definir (não é este verbo, com certeza), o sr. Ribeiro Couto. Pode acontecer que não me compreendessem. Eu explicaria melhor, se tivesse aqui um piano, um pianista e os possíveis leitores em torno de mim.

O sr. Ribeiro Couto compreendeu. É o suficiente. Alguém a quem, por acaso, escapou o sentido do que eu quis dizer, há de achar que não inventei nada, se ouvir a dor imensa de qualquer acorde de Chopin, o desejo de não repetir que há em Debussy as triviais tristezas ou alegrias, triviais e nem de todos sabidas, daquelas palavras, daquelas cadências que fizeram dos pobres e dos amorosos de Paris símbolos e exemplos eternos...

CASTRO ALVES

A ressaca e o desastre da Central debelaram o delírio literário que envolvera a nossa população por causa dos cinquenta anos da morte de Castro Alves. Castro Alves deu na gente do Rio tal qual a gripe espanhola e outras epidemias nacionais e estrangeiras. Era difícil encontrar-se quem não estivesse com Castro Alves. Um pavor. Os micróbios foram espalhados pelo sr. Afrânio Peixoto, que, apesar de ser uma das mais bonitas inteligências da cidade, possui a atenção de um público de maioria, crente no que ele afirma. E ele afirmou (porque não admitia resposta negativa), afirmou, ao fim da última conferência sobre o vate condoreiro, depois de citar-lhe pedaços eloquentes: – "Vós me direis, agora, se Castro Alves não foi e não é, portanto – o primeiro poeta brasileiro!" – Ficou tudo doente. O único medicamento aconselhável estava nos dois volumes das *Obras completas* do homenageado, posto à venda por dezesseis mil-réis, no início da comemoração, ao jeito do "libreto da ópera em português", apregoado pelos *camelots* em frente ao Municipal. Só Castro Alves lido salvaria de Castro Alves escutado. Poucos, entretanto, puderam adquirir aqueles volumes, em consequência da "terrível crise financeira" que, segundo dizem: "assola o país". Felizmente, os gênios protetores da terra carioca promoveram a revolta do mar e, em seguida, as mortes e os ferimentos na Estrada de Ferro –

sensações empolgantíssimas. E Castro Alves voltou a contar com a admiração merecida pelos impulsos da sua idade, que é, na biografia dos homens, a idade da oratória, quase nunca aproveitável mas sempre interessante. O primeiro poeta brasileiro, não. O primeiro poeta brasileiro foi Bento Teixeira Pinto, autor de *Prosopopeia*.

DIÁLOGO RÁPIDO PARA ACABAR

– Você não leva nada a sério.
– Levo a sério muitas coisas, meu amigo...
– Quais? Diga lá.
– Todas as que o senhor reúne nesta pobre palavra: *nada*. São muitas, acredite.

A BONECA VESTIDA DE ARLEQUIM

ELA

As pernas longas, longas e finas como os braços.
Se não fosse pintada, a boca seria um pouquinho maior. Mas, pintada, era mais bonita.
Tinha os olhos de quem viu, de quem sabe.
O nariz, pequeno e alegre, punha um sorriso em todo o rosto.
Branca... branca...
Vestida de Arlequim.
Ia vê-la.
Na vitrina onde morava, morava uma chusma de bonecas. Eu só via a boneca vestida de Arlequim. Só por ela parava ali.
– Bom dia...
E vinha um prazer daquele corpo inerte que me envolvia. Um prazer de alma, ingênuo e bom.
Estendia-lhe as mãos.
Amava-a...
Depois, houve alguém que a levou.
Nunca me esqueço dela.
Dei-lhe um nome: Vida. Um nome como outro qualquer.
Às vezes, parece que a sinto junto de mim... comigo...
Aperto-a nos meus braços... é tudo.
Quero guardá-la para sempre... é nada.
Realidade linda, feita de ilusão...
Vida...
Minha boneca vestida de Arlequim...

CORUJA

*E*la pousou à beira da janela e disse:
– Faça o favor de não cismar que vai morrer alguém. Cheguei até aqui por fadiga e curiosidade. Que é que o senhor está lendo? Um tratado de economia política? Um romance onde há alguns roubos, muitos assassinatos e o faro de um policial agindo? Ou apenas a biografia de qualquer grande cavalheiro do século? Oh! não empalideça assim! Estará com medo? Nunca imaginou que as corujas falassem? Pois eu falo. Na verdade, custei a aprender a pronúncia dos homens e as palavras da língua em que o senhor se desnuda, tão bonita, mais bonita do que o meu idioma natural. Aprendi na prisão. Apanharam-me, um dia. Quiseram tornar-me artista de circo, a mim, a ave da sabedoria. Teimei em não imitar as piruetas do professor. O coitado percebeu, afinal, que eu não servia para nada... Abriu a gaiola... Pobre palhaço! Era bom. Não era inteligente. Voei por aí. Tenho voado tanto... O céu desta cidade relembra o céu de Atenas. A sua casa conserva uma simplicidade remota. Simpatizei com ela. Desci. Para o senhor sou também um pássaro agoureiro... Que pena! Boa noite. Adeus. Quede-se na soledade, sob o abajur. Que figuras são essas? Corujas?! O senhor gosta de nós? Conhece o nosso passado? Revelaram-lhe que na terra dos deuses amáveis éramos a imagem do pensamento? Fale. O tempo bom não acabou para o

senhor? Ama ainda, como certo velho risonho, que eu vi quando voei por Paris, "as orgias silenciosas da meditação"? Fale... fale... Outrora, os homens nos buscavam. Hoje, afirmam que damos má sorte... Fogem de nós, espavoridos... O senhor, não. Foi um misericordioso instinto que me trouxe a este canto. Guarde-me. Não desejo voltar à luz lá de fora. Farei da sua sombra o meu último recolhimento. Não o perturbarei. Conte-me coisas da vida... É tudo tão diferente agora... Posso morar com o senhor?

– Pode. Mas não pergunte mais nada...

(Foi o que me ficou da Grécia...)

A VIDA

A rainha loura tinha os olhos cor das águas que passavam junto do castelo, dia e noite, noite e dia, caídas da montanha, andando para o grande lago de margens floridas como canteiros.

E foi de olhos assim e sempre loura que ela ficou na saudade da gente do reino, para onde viera, havia muitos anos, do seu país natal, com o filho do velho rei, depois velho rei também...

A rainha morreu numa alvorada de inverno. Desde aí, nunca mais as janelas do castelo se abriram. E da criança então nascida não se sabia nada senão que era um menino. O menino crescera, devia estar um moço. Ninguém o vira jamais, a não ser em pequenino a ama que partira para a terra dos outros, levada por soldados até a fronteira.

Como seria o príncipe? E as lendas iam aumentando, cada vez mais cheias de mistérios, mais enredadas de ódio àquele pai bruxo, mau soberano e mau homem.

Afinal, o povo todo se levantou desvairado. A revolta durou horas apenas, apenas as horas que bastaram para incendiar a cidade, vencer os guardas fiéis. O rei, feito prisioneiro, foi trucidado na praça. E não disse onde estava o príncipe. Mas a ele deu o último pensamento. Fechara-o, desde a infância, no subterrâneo do castelo, para que o filho não conhecesse a vida.

As paredes altas da antiga morada ruíram. De entre os escombros, ensanguentada, pálida, uma cabeça loura surgiu. A cabeça da rainha num corpo de adolescente.

As chamas devoravam os restos da cidade. Ao clarão das chamas, homens lutavam contra homens.

E o príncipe gritou:

– A vida! a vida! Que bela é a vida!

ENCONTRO

Quando o homem disse que se chamava Jesus, todos desandaram a rir.

Só Madalena, no extremo da mesa, ficou séria e cravou nele os grandes olhos espantados.

O banquete chegara ao fim.

Tinha sido ideia de um doutor qualquer, revelarem os convidados os nomes próprios. Quase ninguém se conhecia ali e os vinhos instigavam intimidades.

Depois, o baile tomou conta daquela gente alegre. Até de manhã jazz-bands puseram os corpos unidos em movimento.

Jesus não dançou.

Madalena também não.

Jesus foi para o terraço, ouvir as ondas e fumar cigarros.

Madalena quedou-se, no vão de uma porta, para não perdê-lo de vista, mas sem coragem de aproximar-se.

Às quatro horas, Jesus caminhou para o vestiário.

Madalena seguiu atrás dos passos dele.

Ele pediu o chapéu e o sobretudo. Ela pediu a capa cor de ouro e cor de morango...

Saíram.

Jesus ia entrar num automóvel.

Madalena correu e perguntou, com a última palidez na voz:

– Diga... diga... O senhor é Jesus mesmo?

– Sim, minha senhora. Jesus Maria de Vasconcellos, cirurgião dentista.

MENGA

Amo as cidades estranhas, a fascinação das paisagens desconhecidas, o segredo dos entes que ainda não vi.

Viajar! Ter uma surpresa cada manhã... Ir de recanto a recanto, pelo mundo... Pôr cenários diferentes na memória, montar a vida ao jeito de uma grande mágica sem fim... No tombadilho dos transatlânticos, nas estradas de ferro, num automóvel, num aeroplano, num livro...

Viajar! Palavra de realidade tornada sonho depois... Prazer de um instante... Melancolia feliz do tempo que continua e não passa mais...

Ouvir Menga é viajar. E que viagens maravilhosas! Essa artista, toda moderna, com o corpo magro dentro do último figurino, de nome escondido num nome longínquo, – fecha os cabelos num turbante, atira aos ombros um xale da Índia, crava os olhos nas mãos, fala... e, de súbito, a pobre verdade quotidiana não existe...

Foi assim que ela me levou a Sevilha, outro dia, no Palace Hotel, a Sevilha da Semana Santa, pintada de sol, aromada de frutas, de flores, de mulheres, harmoniosa e barulhenta, lírica e trágica, remota como uma cantiga de Mouros, nova como uma frase de Ramón de la Serna... Na voz de Menga, Sevilha é um bailado...

Os nossos cigarros fizeram do cinzeiro um queima-perfumes de boa vontade.

A minha amiga calou-se. Mas eu não tinha voltado...

Nem volto tão cedo de Sevilha...

ANOITECER

*E*ntão, como a tarde era quase noite, o homem tristonho acendeu um cigarro e foi para junto do mar. Sentou-se num barco de pesca. Olhou as ondas que se atiravam na areia. Olhou as outras que vinham longe e iam fazer a mesma coisa. Olhou mais, adiante, até lá onde o mar subia pelo céu acima... O homem olhava. Muitas vezes assistira àquele espetáculo. Por ironia. Por prazer. Por humildade. Também ele, na vida de todos os dias, plagiava o mar. Ondas formadas, desmanchadas. Ondas. A imensidade igual. E o céu. Pobre céu!... O homem botou fora a ponta de cigarro. Pôs-se a andar. Repetiu um verso antigo de Heredia: "*La mer qui se lamente, em pleurant les sirènes...*" Repetiu um verso novo de Paul Valéry: "*La mer, la mer toujours recommencée...*" E, de repente, ficou alegre. A noite tinha apagado a tarde. O céu estava cheio de estrelas. Quem foi que inventou que a vida é monótona?... Pois não é tão linda a vida, tão diferente, tão depois de amanhã?... E o homem entrou num automóvel e foi jantar com champagne...

AS CORUJAS BAILAM

É no penúltimo andar de uma torre.

Moram ali as corujas com o mostrador imenso do relógio, cuja máquina deve estar, junto dos sinos, no andar mais alto que não se vê.

Bate meia-noite lentamente.

As corujas acordam.

É a hora em que elas visitam os telhados das casas de janelas iluminadas, casas onde corpos sofrem, onde almas sonham.

Ave de agouro? Elas não se julgam assim.

As corujas são as imagens dos pensamentos que vêm do silêncio para a claridade da vida.

E bailam, como os pensamentos bailam no espírito, antes de se revelarem, com a alegria assustada de tudo que vai nascer...

JANE

*D*ança o *charleston* com um jeito perfeitamente Josephine. É doida pelos super-realistas. Fuma cigarros turcos feitos em Londres. Fuma-os numa piteira de vinte e cinco centímetros e de marfim. Toma *cocktails* elegantes. Declara apetites proletários. Vai, sem disfarce, aos botequins da Cidade Nova, extasiar-se diante das decorações. Está sempre como se não estivesse, como se fosse embora no trem quase a sair. Apesar disso, sabe escrever a máquina. Não será a Eva futura, que imaginou aquele homem para quem no mundo só havia os românticos e os imbecis. Eu vejo nela uma figura formada por várias caixas de *puzzle*, pedaços de umas, pedaços de outras. No princípio, não se compreende bem. Nem no meio. Nem no fim. Para que compreender? Pela alegria de ajuntar imagens, digo ainda que parece uma serpentina, ou a Rússia antes de Lenine, ou o último olhar de um touro morto pelo primeiro toureiro de Espanha. É toda em diminutivos. Mas a boca é um superlativo absoluto...

A HORA DA MISSA

Deu meia-noite.

Ia começar o dia de Natal.

A galinha-d'angola abriu devagar um olho. Abriu depois, rapidamente o outro. Bocejou. Bateu com a asa esquerda no galo que ressonava. Disse:

– Acorde, cante. É a hora da sua missa.

O galo acordou, cantou:

– Có-có-ró-cóoo... ó... ó...

Todo mundo desceu dos poleiros.

O marreco estava com sede e quis saber se havia alguma coisa para molhar a garganta.

O pato descobriu que havia um resto de água.

– Água, hoje! Só ardente...

Mas o peru atalhou:

– Um patrício meu, há tempos, bebeu aguardente e foi comido com farofa.

O marreco perdeu o entusiasmo.

As galinhas rodeavam o galo.

Ecos de sinos bimbalhando enchiam o silêncio da madrugada.

O frango sorriu importante:

– No próximo Natal, também ganharei missa!

Um ovo caiu e rolou pelo chão a alegria de ter nascido.

Entoaram um pequeno coro em homenagem.

Vários pintos começaram a brincar de esconder.
Ninguém mais pensou em dormir.
Então, o galo sacudiu as penas, encolheu-se nelas, resmungou:
– Que maçada! Todos os anos a mesma coisa!

… O BRASIL CONTINUA…

O BRASIL É...

O Brasil é malandro. Espia, não olha. Aprende por ouvir dizer. Depois de ouvir dizer, repete as mesmas coisas, exageradas, personalizadas, metidas num jeito que as torna outras.

Original. Erra com erros próprios. Acerta sem intenções alheias.

Não liga ao bem que falam dele, nem ao mal.

Desde que resolveu existir, mais ou menos consciente, escutou que estava à beira de um abismo. Equilibrou-se. Nesse equilíbrio vem vindo.

O tempo anda adiante do Brasil.

O Brasil para.

De repente, para alcançar o tempo, corre.

Desanimado, ardoroso.

Hesitante, impulsivo.

Macambúzio, assanhado.

O tipo do contraste.

Não é um espírito de roupa feita. É uma inteligência que adotou o nudismo, por tradição e convicção.

Foi um garoto triste, desgraçado pelo desvario dos que o criaram.

Foi um rapaz rixento, ganancioso, gozador e carola.

Homem, é, conforme se comenta no seio das famílias, "um boêmio incorrigível". Não serve para casar.

Romântico.

Esqueceu-se da infância; da ultra-afastada, aquela que Martius chamou de "resíduo de uma muito antiga, posto que perdida a história", e da outra, que o pouco caso dos descobridores lhe permitiu.

Ficou então menino, para sentir como seria...

Menino arteiro junto dos íntimos, brincando de guerra, fazendo discursos, pondo balbúrdias nas balbúrdias, e rindo afinal, porque, nas paredes, nos andaimes, nos jornais, soletra isto: "Carnaval Oficial". (Oficial ou paisano, o Carnaval é o aturdimento, o pulo das cercas, todos os complexos em liberdade...)

Junto dos estranhos, transforma-se num sujeito esquivo, encabulado.

Deve muito.

Paga muito.

Não acaba de pagar.

PARA SER BEM SINCERO...

Para ser bem sincero, eu não entendo direito o que significa patriotismo.

Felizmente, direito, parece que ninguém entende.

Pessoas vivem disso. Pessoas morrem disso. Com a vesícula biliar também é assim.

Mas eu gosto do Brasil, do Brasil arrancado dos mapas, esquecido das datas, coisa do meu coração, cantiga da minha boca, este ar, este calor, a vida que me bate nos olhos...

Quero bem ao Brasil.

Como a um amigo.

E arrumei aqui estes apontamentos para a biografia dele.

ACASOS

Não há acasos na História.
Nas histórias, há.
No Brasil, tudo é por acaso.
O boato do descobrimento ficou sendo um modo de viver.

Por acaso, as ideias desembarcam sem se esperar por elas; por acaso, se realizam coisas que, no momento, deviam andar mais longe do que Goiás.

Foi por acaso que se povoou o Brasil, aos bocados, com a colaboração frenética dos homens que vagavam sobre o mar, à vontade dos ventos, e dos que vieram de castigo.

Escravizaram os habitantes primitivos. Prisioneiros receberam a terra nova como o degredo pior. Mais cativos surgiram da África.

Entes espavoridos, de dor profunda, de ódio oculto, de humildade imposta.

A convivência dessa gente e desses sentimentos produziu uma espécie de raça que foi se copiando, devagar, da beira da praia para a beira da floresta. Uma espécie de raça, formada sem unidade, e que é, entretanto, uma interessante expressão humana, original de início e desenvolvimento.

A civilização do Brasil foi por acaso.

Se o capitão Ignácio de Loyola, em vez de perder, ganhasse a batalha de Pampeluna, Cristo não tinha nascido na Bahia.

Sem os jesuítas, nós não estávamos aqui. Os diretores do país que tomaram conta dessas plagas, depois que repararam, só viram no Brasil, além do pão batismal, o ouro e os diamantes.

Sem os jesuítas, não haveria cana no meio nem café no fim... O dinheiro era outro...

PALAVRAS

Palavras...
Os mudos hão de ser, "sob o Cruzeiro do Sul", os que mais padecem. Não falar, não poder falar... nenhuma pena pior se inventaria para os quarenta milhões de bocas "do Oiapoque ao Chuí!"
Palavras... palavras...
Falte tudo! Menos elas!
Nos outros países, quando se sofre uma grande mágoa, uma dor funda, chorar, dizem, alivia...
Aqui, o que alivia é falar...
Falar... Em voz alta, em voz baixa, gritando e cochichando.
Falar, falar muito, falar sempre. Diante do público, diante do microfone, dentro do repórter e na intimidade...
"No princípio, era o Verbo."
Na Bíblia.
No Brasil, no princípio não era muito. Mas depois... Mas agora!
Ninguém escuta ninguém.
Todos falam ao mesmo tempo.
O silêncio foi posto em disponibilidade. Pediu demissão.

POVO...

*P*ovo...
Nome que se introduz, com certo efeito, em discursos, hinos, entrevistas, projetos, proclamações, em muitos distúrbios mentais.

Quase sempre é uma ilusão de ótica.

Ponto de vista engolido.

Existe, mas longe dos olhos. Impalpável, imponderável, improvável.

Os fragmentos que se mexem nos 85.11.189 quilômetros quadrados, só se juntam por acaso.

Só por acaso o povo deixa de ser uma retórica recalcada para se revelar materialmente.

Público, quem sabe se por ter mais uma sílaba, carrega vida real.

Não se confundem os dois nomes. O povo sente, na abstração em que o inventam. O público pensa na alucinação em que o destroem.

Há o chamado sentimento popular.

Há a chamada opinião pública.

Pelo sentimento, agem os idealistas.

Pela opinião agem os práticos.

Pelos dois, quantas besteiras se cometem!...

DISSERAM...

Disseram que ele era Jeca Tatu, de cócoras, calado, "maginando". Já o qualificaram de "caboclo forte", "imenso hospital", "gigante pela própria natureza", "essencialmente agrícola", "atascadeiro da mentira", "país perdido", "errado", "China", "Jaburu", de muito mais, de muito menos. Nomes, definições, palpites, alegorias...

Não tiveram tempo de ir buscar longe das fronteiras, onde se busca tudo, a imagem ótima do Brasil: Carlitos.

Aquele resumo humano. De origem incerta. Bom. Iludido. Generoso. Aos trancos. Atrapalhado. Pisado de tantos empurrões, levantando-se de tombos sobre tombos. Com a esperteza da ingenuidade. Com a coragem da ignorância. Dom Quixote que acordou tarde, desmontado, foi procurar moinhos, encontrou chaminés de fábricas e os cavaleiros andantes, sem trabalho, cheios de fome, pelas estradas...

PATRIOTAS AFLITOS...

*P*atriotas aflitos protestam contra o que eles chamam de "o nosso grande mal", e que é, apenas, a curiosidade de saber o que é que há por outros países, entre outros entes, com a provável importação para estas bandas de coisas que são ótimas lá e que talvez não sejam ruins aqui.

Gritam que isso não está de acordo com "a realidade brasileira".

Não sei. Sei que isso está unanimemente de acordo com o Brasil.

O Brasil sempre veio de fora.

Principiou em 1500 e não terminou ainda.

De caravela ou de zepelim, pelo mar ou pelo ar, em pessoas e em pacotes, por todos os navios...

O mundo é grande, mas, por enquanto, é um só.

E a humanidade, de várias cores, diferentes falas, olhos redondos, olhos esticados, também, por enquanto, não é outra.

Um espírito único vive nas criaturas. Não separa passado, presente, futuro. Para ele, nada foi, nada há de ser: tudo é. Espírito que acalenta as nossas cismas. Graça de uma herança remota. Bem de um segredo perdido. Sumiu-se na algazarra total.

E aí está porque catalogamos os habitantes do planeta em épocas, gerações.

Se fosse possível tirar a prova, que espanto!

Mudaram as fantasias à vista. No escuro, a gente continua tal qual começou...

Espírito que sempre foi moderno.

Já estava em Adão, a primeira vítima da questão social, e estará no homem derradeiro, quando acabar com o mundo, vítima da mesma questão...

Foi Graça Aranha quem revelou ao Brasil esse espírito que o Brasil carregava sem perceber...

O Brasil partiu-se então em três pedaços: um que afirmava, um que negava, um que não se importava.

O que afirmava brigou com o que negava.

O que não se importava, saiu ganhando. Depois da briga dos dois, juntou as sobras, deixou o que não servia, guardou o que prestava, deu um jeito, foi-se embora contente.

Era o terço.

Ficou o todo.

É o Brasil.

WASHINGTON LUÍS

Tinha o físico do papel.
Foi o que o atrapalhou.
Com tanta aparência, tanta altura, tanta largura, entendeu que não lhe ficava bem ser um presidente à medida usual, a suprema autoridade de uma democracia, sustendo apenas um poder nas mãos desmarcadas.
Saiu de dentro para fora.
Encarnou-se exageradamente.
Só ele dispunha.
Só ele fazia.
Sansão aparado, era o forte, era o único, o infalível.
"– Vamos para a luta!"
(Está claro que não acreditava na luta.)
Por acaso, houve a luta.
Washington Luís, se não perdeu, pelo menos não ganhou.
Mas, até o último instante, manteve o mesmo corpo e o mesmo instinto da sua constituição.
Como lhe diria o Cardeal, para dizer alguma coisa: nele, a matéria superou o espírito...
Acidente, aliás, muito espalhado.

GETÚLIO VARGAS

A República Nova viu a luz há três anos, extraída a ferro. Não foi dela a culpa, a culpa foi da mãe.

A falecida República levou uma vida sem juízo. Surgira às pressas, fora de tempo. Logo ficara órfã. Crescera no meio da família desunida, entre disses-que-disses, discussões, gênios incompatíveis, brigas. Os seus defeitos eram estados de nascença. Morreu tão moça, e estava tão acabada, que não é possível que alguém, sinceramente, sinta saudades de uma mulher como aquela. Os homens que viveram com ela, e que foram, com rápidas exceções, do Exército, de São Paulo e de Minas Gerais, ou andaram sempre carrancudos, ou andaram sempre às gargalhadas. Exageros, talvez prejudiciais.

Getúlio Vargas inaugurou o sorriso com a República Nova.

Em cima do poder, sorrindo, vê os erros antigos, e sorrindo, enumera as providências remissoras.

Cada vez que se dirige ao Brasil, o Brasil fica pensando que não entendeu bem e que parece que tudo vai melhorar.

Os discursos pronunciados durante a excursão ao Norte, são, nesse gênero, grandes obras-primas.

Getúlio Vargas tem o otimismo do pessimismo. Transforma em bálsamo abstrato os aborrecimentos mais concretos.

Sorri, fuma charutos bons, passeia da direita para a esquerda, resolve que não vale a pena contrariar.

Deixa para amanhã o que pode fazer hoje.

Mas, amanhã faz.

Deu à palavra ditador um sentido pessoal.

Ditador – define, na compreensão geral, o chefe absoluto, o déspota, o que manda de verdade, o que governa mesmo.

Getúlio Vargas, que acredita pouco em outras coisas, não acredita nada em definições. Preferiu que não percebessem que mandava de verdade, que governava mesmo.

Quando perceberam, era tarde...

Chefe discricionário, não quis tomar posse da palavra ditador, conforme toda gente a repete.

Aguarda, decerto, a volta do país ao regime constitucional.

Então, sim.

Eleito, dentro da lei, será o ditador do Brasil.

Para não contrariar a tradição...

OSWALDO ARANHA

Se não fosse o que é, era gota de mercúrio. Porque marca, pela própria popularidade, no alto, no meio, em baixo, descendo, parando, subindo, a popularidade da Revolução.
É o que é.
Tem um nome que lhe dá um sentido. Nome que era dele, antes dele ser do nome.
Oswaldo Aranha.
Quer dizer: ímpeto, audácia, espanto.
O ímpeto surge do espanto. A audácia junta os dois.
Oswaldo Aranha não pensa sempre o que diz.
Mas faz sempre o que pensa.
Esse organizador da República de 1930 leva enorme vantagem sobre os organizadores das outras repúblicas desde 1889: não liga importância à importância.
Tentaram construir em Oswaldo Aranha um cavalheiro solene, primeiro ministro, o general da vitória, o que paga a visita do Príncipe de Gales.
Ele não deixou.
Com um cigarro à direita e uma frase à esquerda, o que deseja é que não lhe atrapalhem o caminho:
– Eu sou abagualado...
Não usa preconceitos.
Acredita na inteligência.
Alegre mesmo depois do Carnaval.

Sabe que, no Brasil, se o acaso não fizer, custa a encontrar quem faça. Por isso, de bom humor, ajuda, justifica, previne o acaso.

Por exemplo, quando havia descrença nas eleições marcadas, Oswaldo Aranha afirmou: "Com a vontade do Governo, sem a vontade do Governo, contra a vontade do Governo, teremos eleições no dia 3 de maio!"

E não tivemos?

Com a vontade do Governo, sem a vontade do Governo, contra a vontade do Governo...

JOSÉ AMÉRICO DE ALMEIDA

Caiu, uma vez, num hidroplano, dentro d'água.
Desde aí, ficou sendo chamado "o mártir das secas".
Mas, o acontecimento lamentável, foi, para ele, uma reminiscência apenas.
Porque, na verdade, a queda se dera muito antes.
José Américo de Almeida caiu do céu por descuido.
Andou longamente, através das idades, sem endereço.
Chegou afinal.
O que nos parece estranho nesse homem que enxerga pouco e abusa das ideias particulares é o que brota das suas origens alterosas e das suas vocações messiânicas.
Nós não tínhamos prática.
Que é interessante é.
Logo que apareceu, declarou em frente do paulista e civil Paulo de Morais Barros, que lhe transmitia a pasta da Viação e Obras Públicas:
– Eu não direi o que vou fazer, mas posso adiantar o que vou desfazer.
As crianças acharam muita graça.
Os grandes, principalmente na Estrada de Ferro Central do Brasil, não acharam graça nenhuma.
Desfez, desfez, desfez...
Quando ia haver a recomposição ministerial, botou fora todos os pesos menos um:

– Só levo um peso na consciência: é não ter ainda reparado as injustiças porventura cometidas no tumulto dos primeiros atos.

Não houve a recomposição ministerial.

E até hoje, José Américo de Almeida não teve tempo de reparar as injustiças.

Com certeza, já se acostumou com o peso.

Consciência forte.

PORTA ABERTA

PARECE QUE A GUERRA...

Parece que a guerra devia ser um assunto principalmente para os militares. Não é. Os militares se reservam para as coisas. Deixam as palavras aos outros. No meio de tantos discretos, está claro que há exceções. Entre as exceções, eu me lembro de um artigo de von Ludendorff, no qual ele previa uma guerra mais funesta e mais desastrosa que a de 1914-1918, da Inglaterra, a Rússia e a Itália, contra a França, a Polônia, a Rumânia, a Iugoslávia e a Checoslováquia. O campo de trabalho seria a Alemanha. Enganou-se muito. Enganou-se menos o general Bástico, que escreveu em Florença, em 1932, sobre a guerra futura, sem citar os combatentes. Afirmou que a futura guerra, rápida, seria dominada pela aviação, arma principal da ofensiva química, desobediente a todas as convenções. E tendo estudado o papel das outras armas e das redes estratégicas, concluiu, como qualquer paisano:

A guerra do futuro nos trará surpresas e dificuldades de toda a sorte, tragará insaciavelmente as vidas, as riquezas e a força de vontade; será um jogo cruel em torno da existência ou da não existência das nações.

Ah!...

QUANDO SOUBE...

Quando soube que vários países da Europa estavam aumentando os armamentos, o mundo gritou:
— É a guerra!
Mas os vários países explicaram que não era. Era para que os sem-trabalho pudessem trabalhar.
Muitos, então, os sem-trabalho. Muitos, depois, os com trabalho nas oficinas de onde saem, rumo de todos os depósitos, fixos, ambulantes, na terra, na água, no ar, — revólveres, pistolas, espingardas, metralhadoras, canhões, balas, espadas, granadas, aviões, gases, máscaras, navios, caminhões, tanques, fardas, sapatos, capacetes, barracas, marmitas... sei lá... tudo...
Tal qual aconteceu nas outras indústrias, aconteceu superprodução na indústria bélica. De novo, incômodos, nas estradas, nas ruas, dormindo debaixo das pontes, nas portas das igrejas, nos bancos dos jardins, espiando nas portas dos restaurantes, morrendo de fome e de frio, voltaram os sem-trabalho.
Que fazer?
Dar serviço que resolvesse enfim a situação desses pobres diabos. Um glorioso serviço: a guerra.

MAL DO SÉCULO

Como o tempo está nervoso!
Quando menos se espera, ele surge de cara amarrada, bufando, atira raios em cima da gente, como se fosse destruir tudo, não destrói nada. Então, desanda a chorar. Chora, chora, chora.

Nunca houve um tempo assim!

Eu, para mim, acho que isso é discurso. O tempo sofre de discurso. E o pior é que não se trata.

O discurso é um mal terrível. Misto: histeria, loucura, abatimento. Manifesta-se em forma de ataque. Derrame cerebral às avessas: – Não paralisa, – agita. Há diversos casos de discurso, dos furiosos aos mansos. Os mansos manifestam-se nas sobremesas. Os furiosos dão nas grandes assembleias salvadoras de alguma coisa. Os casos médios acontecem nas datas importantes, nas manifestações com bandas de música, nos enterros notáveis, em várias ocasiões propícias, em diversos lugares adequados.

Não penso que o tempo tome a palavra. Bem sei que, desde o começo do mundo, o tempo é mudo. Tem assistido, calado, a todos os carnavais. Porém sofre a influência do meio. E agora, não pode mais.

Como se sabe, foi decidido realizar uma enorme guerra na Europa. Primeiro, a Itália forneceu a provocação, mandando uma chusma de italianos morrer na Etiópia. Não adiantou. E não adiantou na Espanha, com o ensaio, junto da Alemanha. Em seguida, mais esperta, a Alemanha forneceu nova provocação, sem mortos, incluindo a Áustria no mapa pessoal. Não adiantou. Também não adiantou fazendo o gol, com algum sangue, a Checoslováquia. A Inglaterra achava direito. A França não achava torto. A Itália ainda foi até ali à Albânia. Perfeitamente. A paz pairava, acima de tais caprichos. De repente, a Alemanha quis a Polônia. Conseguiu a Polônia. E veio, afinal, a declaração da enorme guerra. Tropas mobilizadas. Trincheiras abertas. Navios nas ondas. Aviões nas nuvens. Ia-se dar o diabo! Deu-se o discurso!

A Alemanha, a Inglaterra, a França servem de pseudônimo aos oradores, prontos para ordenar os combates.

Não tendo a Itália persistido nos desejos da Tunísia, da Savoia e de outros espaços vitais, os pseudônimos dela peroram em família. Em Londres, em Paris e em Berlim é que o discurso não cessa. E igual à gripe espanhola no fim da guerra de 1914, o discurso, no começo da guerra de 1939, suja os portos da terra, invade os interiores, perturba o tempo.

Pobre tempo!

Eu ainda me lembro dos seus dias tranquilos, dos seus dias inteligentes... A vida era boa...

Sim, apesar de ser difícil acreditar agora: a vida era boa...

A vida era tão boa...

LEMBRANÇAS DE MOISSI

Os anúncios contavam que era o maior trágico do mundo. Não medi.

Representava Sófocles, Shakespeare, Goethe, Tolstoi, Ibsen, Bernard Shaw. Fazia montagens dentro de uma câmara negra com pedaços de papel, pintados e recortados. Armava salões, jardins, cemitérios, como as crianças armam brinquedos. Os cenários mais de verdade que já olhei. Discípulo de Max Reinhardt, simplificara as lições de Max Reinhardt. Os ambientes de Moissi destacavam as figuras, prolongavam as palavras, não as escondiam, não as diminuíam no atropelo das formas usuais, no berreiro das cores repetidas.

Que maravilha no palco!

E que silêncio na sala!

Que plateia bem-comportada!

A colônia alemã com a austríaca se instalava no Municipal. Ia escutar os grandes autores por um grande intérprete. O tempo era de resfriados. Pois, durante as representações, ninguém espirrava, ninguém tossia, ninguém se assoava, ninguém se mexia.

Junto das fisionomias em êxtase houve, uma noite, duas exceções. Um casal tinha entrado por engano e se aborreceu com o "Fausto". O marido não sabia alemão. Por coincidência, a mulher acompanhava o marido naquele defeito. De repente quase ao termo da segunda parte, ela perguntou a ele:

– Você não disse que era ópera?

Ele respondeu a ela:

– Era. Garanto que era. Mas é a tal mania do modernismo! – tiraram-lhe a música!

ESSE NEGÓCIO DE ESCREVER...

Quando Stefan Zweig chegou ao Rio, em 1940, os jornalistas quiseram saber o que ele pensava da guerra. Resposta:

– Oh, permitam-me esquecer a Europa!

Foi um escândalo.

Decerto, os jornalistas eram outros. Porque em 1936, quando Stefan Zweig veio cá pela primeira vez, teve uma frase do mesmo gênero para retrucar aos que lhe indagavam notícias dos escritores da Alemanha:

– Não quero falar em política. Para falar nos escritores da Alemanha, eu seria forçado a falar em política.

Em 1936 nem os jornalistas se espantaram nem os jornais diminuíram os elogios ao hóspede.

Tratava-se, na aparência melhor, de um neutro.

Ou, talvez, na pior, de um vendedor de literatura sem gosto de ajudar os colegas.

Stefan Zweig, mais que poeta, autor teatral, novelista, biógrafo, crítico, – era repórter.

....

O nazismo, um dia, não escolheu as qualidades e pôs no fogo a obra completa de Stefan Zweig. Na própria pátria do autor.

Nas pátrias alheias, não custava admitir que um homem, perseguido com tanto calor, desejasse perder a memória.

Por causa da vontade de não se lembrar, de Stefan Zweig, "O Radical" publicou:

"Nenhuma inteligência digna poderá neste instante fugir ao clamor europeu. O momento que vivemos é de tal gravidade que não permite a ninguém conformismos que chegam a ser covardias morais diante da tragédia espetacular que a todos atinge. Se não temos capacidade e sinceridade para cumprir a nossa missão intelectual, renunciemos a essa missão, antes de nos entregarmos à comodidade do nosso silêncio."

Verdade. Não realidade. O sentido das duas palavras ficou diferentíssimo.

* * *

Se, pelos motivos por que Stefan Zweig se matou, todos os homens como Stefan Zweig se matassem, só ficariam os idiotas no mundo. Então, não tendo mais a quem perseguir, é provável que os idiotas se matassem também. E ficava tudo resolvido.

Nosso amigo La Fontaine, que contava fábulas, prevenira: "Um dia mais cedo, um dia mais tarde, não é grande diferença."

Que batalha ganhou, para os que sofrem "fome e sede de justiça", Stefan Zweig! E a mulher que bebeu com ele o mesmo veneno, que não quis que ele fosse embora sozinho, – que prestígio trouxe de novo para o amor, o amor amor, – esse que Hitler nunca há de conhecer, por falta de matéria-prima.

CARNAVAL

De tudo que há, cada um tem que ter um pouco. De amor, de felicidade, de tristeza, de medo, de valentia, de dinheiro, de vergonha, de tantos substantivos, mais ou menos abstratos, cuja fantasia forma o homem e, com pequenas divergências, a mulher. Em geral. No espaço. No tempo, chamado por um poeta: "O pai dos prodígios", a mistura desaparece, fica apenas um dos ingredientes à mostra, para o uso das gerações. Aquele jogo de prendas, talvez desconhecido das crianças de agora: "Lá vai uma barquinha carregada de..." – de beleza, de bondade, de alegria... – aquele jogo definia bem a humanidade... É que as palavras, então, possuíam um sentido. Santo Agostinho descobrira que "a parte inferior do mundo, a que habitamos, estava submetida aos anjos prevaricadores, pela lei da divina providência, a qual regula a ordem magnífica das coisas." Ninguém duvidava que a ordem das coisas fosse magnífica. Concordava-se com a divina providência. Os anjos prevaricadores cumpriam ordens. Ignorando a parte superior, a gente nada opunha à resolução que a colocou na parte inferior. Os suicidas eram uns ambiciosos. Os doidos, uns exagerados. E que tardes bonitas! Madame de Gromance passava, todas as tardes, e todas as tardes enchia de gratidão Monsieur Bergeret e lhe inspirava pensamentos sobre a "doçura cruel que dá às almas voluptuosas a beleza das formas vivas." Rainer Maria Rilke podia dizer: "A minha pátria é entre o sonho e a vida". Na Áustria. Em plena Ásia Central, num oásis perdido nas areias, Michel Koltzov encontrou um engenheiro moço, de Moscou, que construía canais de irrigação. Dentro da pequena barraca, tinha muitos livros.

– Livros de estudos?

– Romances. Lidos e relidos.

– Por que os trouxe? Tornam ainda menor o espaço para você descansar.

– São os meus companheiros. Com eles não fico sozinho. Conversamos. Discutimos. São criaturas humanas. Corrijo na minha vida os erros da vida dessas mulheres e desses homens.

Henry Bataille, nome próprio para se lembrar depois de ler os últimos jornais, sentia que o passado era "um segundo coração batendo em nós." Ainda será. Mas em acumulações. Principalmente, o passado, hoje é uma mancha na pele. Maquiada. A covardia é creme. O oportunismo é ruge. A adesão é pó de arroz. Com abundância de árias, os dós de peito, os braços no ar, os regentes aflitos, as orquestras sem afinação, os coristas dolorosos, caímos na ópera. É música de matar. "Baile de máscaras." Que espetáculo! Que barulho! Que falta de tratamento específico! E falam em regimes! Bernard Shaw, com quase noventa anos, só come legumes. Um gaúcho de Porto Alegre, com mais de cem anos, só come carne. Que importam os regimes! Quem tem razão é o português: "O que importa é o caráter." Não sei porque ouvi esta definição: "O antropófago é um homem que aprecia os seus semelhantes." Em seguida, por causa de um discurso que aconteceu aí, escutei o fim de uma conversa de dois surdos:

– O intelectual é a voz alta do povo.

– Hein?

– Não ouviu?

– Quem?

– O intelectual...

– Ah! Vou passar aqui mesmo. A minha família é que vai para Friburgo.

CARNAVAL CARIOCA

O Carnaval do Rio era do Rio mesmo. Instintivo. Espontâneo. A cidade ficava doida quatro noites e três dias. Doida de alegria. Doida de inocência. Natureza. Libertação. Felicidade. Tudo cantava. Tudo dançava. Tudo gozava.

"Ó abre alas,
que eu quero passar!..."

Não se via o bem de propósito. Nem o mal. Nem nada. Dizia-se antes:

– Nós vamos brincar no Carnaval.

E era assim depois. Até a Cinzas. Nas Cinzas vinham outra vez a Ordem e Progresso. O trabalho, que tinha sido a mãe de todos os vícios, voltava a ser o que nobilita os homens... E aí começava o Ano-novo.

A fama carregou o Carnaval do Rio para as imaginações estrangeiras, pôs na gente que pode viajar o desejo de conhecer o Carnaval mais original do mundo.

E essa gente veio matar o desejo. Matou o desejo e o Carnaval do Rio.

Temos agora mais um produto que vendemos aqui, como as paisagens feitas de asas de borboletas, as cestas de cascas de tatu, as baianas de trapos, as piteiras de tartaruga, os passarinhos de guaraná...

Graças a Deus os ranchos resistiram.

A delicadeza nacional, grata a tamanha afluência de turistas, resolveu organizar a loucura. Loucura organizada é o que se costuma chamar de juízo. Estamos com o Carnaval ajuizado... E com enfeites para os hóspedes. Nas decorações da Avenida, por exemplo, compareceram numerosos representantes dos desenhos animados: o remoto Mutt, o gato Felix, o camundongo Mickey, o pato Donald, o cão Pluto, um dos três leitõezinhos, o marinheiro Popeye, Olívia Palito, Pinocchio, o Grilo Falante... E o leão da Metro encheu sambas e marchas daquele berro com que ele abre os filmes: "ôôôô!..."

Mas a pior adaptação, a tradução mais livre foram os bailes. Principalmente os caros. Nos bilhetes se avisava: "Fantasia de luxo ou traje a rigor." Quem não ia tal qual não entrava. Ora, depois aconteceu a confusão dos Xavantes, a temperatura subiu, subiu. E então as roupas masculinas, femininas e neutras se aboliram da cintura para cima. Revogaram-se as disposições em contrário. Foi um aspecto introduzido no Carnaval dos salões. O Carnaval das ruas não sentia tanto calor.

Restou um consolo aos velhos carnavalescos, além do campo para onde eles fugiram: os bailes, em geral, não foram brasileiros: foram árabes, andaluzes, venezianos, cubanos... Os anúncios, citando os nomes gloriosos dos cenógrafos, ofereciam mais viagens aos viajantes.

Apesar da transformação, a publicidade não precisa se modificar:

CARNAVAL DO RIO

O CARNAVAL MAIS ORIGINAL DO MUNDO

GRACILIANO RAMOS

Trouxe uma sensibilidade nova para o romance. Tira dos acontecimentos cotidianos um sentido pessoal, que os torna mais longos pela ressonância. Não carrega apenas a tragédia do Nordeste, mas a tragédia, o drama, a comédia, todas as peças, o repertório completo do mundo.

Angústia, por exemplo. É um homem que fala. Mais ninguém. As outras vozes vêm pela voz dele, por onde vêm as figuras, as casas, as ruas, um quintal, um café. As vozes, sobretudo. Indiferentes, umas; interessadas, às vezes; com esperança; com desalento; felizes, desgraçadas, normais, delirantes; – todas o homem repete e, caídas da sua boca, mostram a mesma inquietação, o mesmo sofrimento. Angústia. Sim. Angústia. Luxúria tornada pensamento. A dor que desceu do cérebro e se espalhou pelo corpo, dor de desejo, dor de paixão, dor de um corpo por outro corpo, sem instinto já, inteligência unânime e desvairada: ideia fixa, ideia física, de carne, de sangue, transformando-se em tudo, sumindo-se em tudo...

A VIDA FICOU ASSIM

Sinceridade é falta de educação.

Qualquer pessoa polida, que aprendeu a se portar na sociedade, nunca diz o que sente, sempre esconde o que pensa. Para ser pessoa distinta, tem que ser pessoa igual. Ninguém censurará a uma senhora de cinquenta anos por se vestir como se andasse na casa dos trinta. A um cavalheiro empinado, elegante, ininteligente, que expõe opiniões e dá conselhos, ninguém vai interromper: – O senhor é uma besta.

À senhora, todos louvam. Com o cavalheiro todos concordam.

Bastam dois exemplos, de dois sexos. Poderia citar mais, masculinos, femininos, misturados. Não cito. O resto difere pouco dos trajes, das opiniões, dos conselhos.

A vida ficou assim. Quando se pede: – Fale com franqueza! – o pedido já conduz a resposta. A lealdade alheia, que a gente exige, é a que, embora não seja lealdade, pareça e soe bem.

Não gostando de viver assim os poetas construíram torres de marfim e se esconderam nelas. Os poetas ricos. Os outros, foram a pé para o mundo da lua.

Agora, as torres de marfim são asilos da velhice desamparada. E as viagens de balão à estratosfera tiraram a calma do "astro saudoso", tão acolhedor, tão paciente, tão pronto para tudo.

Os poetas não constituem apenas a minoria que escreve versos. Formam também a classe dos inadaptáveis; classe única, na confusão humana, capaz de sinceridade. Classe fora do sério: – Poetas... – Inspiram pena. Provocam muchochos. Errados...

Velhíssimo, lá na China, houve um que cismou:
"Quando o sol se levanta eu me levanto.
Quando o sol se deita eu me deito.
Cavo a terra, para comer.
Cavo o poço, para beber.
Para que, então, um imperador?"

Por muito menos, Machado de Assis foi acusado de anarquista...

NOSSOS IRMÃOS, OS BURROS

É preciso acabar com esse desprezo. Ou com esse equívoco. Os burros não são burros.
Olhem os olhos deles.
Podem ser teimosos, às vezes. Às vezes, podem ser maus. Buffon, que sabia mais do que nós, explicou que os burros ficam assim quando o sofrimento lhes mostra, depois de muitas provações, que os homens não prestam.
A melhor defesa das culpas inventadas contra os burros é o amor que lhes têm tido os poetas, desde Anacreonte até Francis James. La Fontaine fez exceção. Porém os animais das Fábulas são homens disfarçados. E ninguém nega que haja homens burros.
Eu gosto dos burros. De quase todos. Principalmente dos que andam tão desgraçados, na dura lida, sobre as pedras das ruas, sobre o barro das estradas, ao sol, à chuva, dia e noite. Tristes, tristes. Sem uma queixa.
Que humildade! Que paciência! Que coragem!
Pensam para dentro.
Não procuram impor nem a sua vontade nem a sua opinião.
Obedecem. Zurram. É um modo de dizer que não têm nada com isso.
Se foram à guerra, foram levados. Combateram os filis-

teus, resumidos numa caveira que Sansão brandiu, criando o mais puro dos símbolos.

Mandaram representante ao nascimento de Jesus Cristo e forneceram o andor para a estrada festiva em Jerusalém, como prova de que acreditavam na palavra dos profetas, mas, com certeza, não acreditavam.

Não é fácil julgar criaturas de tamanha discreção.

Dos burros, além dos nossos pontos de vista, só possuímos a aparência.

Aparência que varia conforme os nossos pontos de vista.

Há quem os ache ridículos. Há quem os ache sublimes.

São bonitos e são feios de acordo com os temperamentos.

Já existe tanta crítica, de tanta coisa...

Para que crítica dos burros?

Bom é lhes querer bem, admiti-los tais quais se revelam, incapazes de aborrecer os outros, inimigos da publicidade, calmos, silenciosos, delicados.

Talvez no mundo interior, conservem a alegria da infância muito escondida, e continuem brincando com ela. O aspecto que vemos, vivido, será para uso externo: a inocência deteriorada.

Quanto ao coice... quem nunca deu um coice, que atire nos burros a primeira pedra.

OUTONO

Não, não é poesia.
Tira estes óculos escuros. Vê naturalmente a manhã que chegou. Não veio diferente o sol? As tuas mãos não têm vontade de pegar o ar? Que música anda desfeita na luz pálida, onde parece que todas as asas estão paradas? Que cheiro bom de terra úmida! Foi a bruma que passou de noite por aqui. Toma um pouco da minha laranja. Sente como o gosto dela é novo. As folhas verdes das árvores apenas prolongam o pensamento dos outros dias.

Porque é o outono. É o bom outono. O jeito de frio. A melancolia do cigarro. Desejos de querer bem. Saudades velhas. Agora as rosas são mais bonitas. Agora os olhos dos burros não são tão tristes. Agora os outros anjos descem do céu e os anjos da guarda mostram a cidade para eles.

Fica feliz! Fica feliz! Deixa os jornais. Abre os olhos poetas. Há quanto tempo tu não lês os poetas?

"La voix d'or du passé dont s'éteint la rumeur..."
Lembra-te de Goethe:
– Se tu podes fazer vinho, por que hás de fazer vinagre?
Eu sei que é difícil não fazer vinagre. Fiz muito. Era do fígado. Também era de um isqueiro. Aboli o fígado. Voltei a usar fósforos. Ninguém mais me achou azedo. Está claro que o meu vinho é do Rio Grande. Do Reno seria melhor. Cada

qual faz o vinho que pode. A questão é não fazer vinagre. Há tanto limão aí.

Sobretudo, entrega-te à sensibilidade. A sensibilidade é pobre, não se dá ao luxo da descrença, não conhece a elegância do ceticismo. Procura ter razão. Não a que afirmam que os doidos perderam. Procura razão que não se perde. Aquela que Zola teve. Aquela que Machado de Assis não quis achar.

Se sabes de cor os poetas, pede um livro de história. Pede uma geografia. Os homens são sempre os mesmos. A terra é sempre a mesma, mas como a história e a geografia mudam! Não te escandalizes por isso. Já Leopoldo, o bem amado, dizia ao padre Francisco, seu irmão:

– Só houve um escândalo no mundo. Foi a criação do mundo...

AS AMARGAS, NÃO...

NUNCA TIREI DO CORAÇÃO...

Nunca tirei do coração a cidade onde nasci, a cidade que me viu menino, por tantas ruas que ainda existem, debaixo do céu mais bonito do mundo, ruas remotas como aquelas avós que estão dormindo lá em cima, entre os muros brancos da ladeira da Azenha. Na manhã de primavera, que em Porto Alegre é mesmo primavera (eu tinha os olhos cheios de rosas) – parei diante do rio, largo, longo a se perder de vista. Estendi-lhe as minhas mãos: – Bom dia, Guaíba! Como você é bonito! – e bem da terra, bem da gente, senti que ele me respondeu: – Não... não sou eu... são essas ilhas... – você é a água que passa e leva a luz do sol, a luz da lua e das estrelas, os clarins da madrugada, os ecos da Ave-Maria, todas as serenatas. Rumores, claridades, ressonâncias, reflexos, em você, se transformam no silêncio puro, na sombra profunda. Que importam as margens! O rio segue para a frente! O rio é um caminho sem fim...

AO VELHO RIO DE JANEIRO...

Ao velho Rio de Janeiro, numa viagem de fim de semana, que companheiro melhor para ir nos mostrando tudo, que Machado de Assis? Hoje, fui com ele, no *Quincas Borba*, ao tempo dos tílburis e dos *coupés*, que já atropelavam. Conheci de novo tantas pessoas esquecidas. Mostrou-me a bela senhora Palha: – era daquela casta de mulheres que o tempo, como um escultor rigoroso, não acaba logo, e vai polindo ao passar dos longos dias. Essas esculturas lentas são miraculosas; Sofia rastejava os vinte e oito anos; estava mais bela que aos vinte e sete; era de supor que só aos trinta desse o escultor os últimos retoques, se não quisesse prolongar ainda o trabalho, por dois ou três anos. Os olhos, por exemplo... Agora, parecem mais negros... A boca parece mais fresca. Ombros, mãos, braços, são melhores, e ela ainda os faz ótimos por meio de atitudes e gestos escolhidos. Uma feição que a dona nunca pôde suportar... o excesso de sobrancelhas – isso mesmo, sem ter diminuído, como que lhe dá ao todo um aspecto mui particular. Traja bem; comprime a cintura e o tronco no corpinho de lã fina cor de castanha, obra simples, e traz nas orelhas duas pérolas verdadeiras... – Do Rio velho ao novo Rio, muitas coisas se perderam no caminho. Só, lá em cima, o Cruzeiro do Sul continua o mesmo: "O Cruzeiro, que a linda Sofia não quis ficar como lhe pedia Rubião, está assaz alto para não discernir os risos e as lágrimas dos homens." Pouca gente lê Machado de Assis. É um costume. Muita gente dá opiniões sobre Machado de Assis. É outro costume. Há frases feitas a propósito, que têm tido grande consumo. Duas por exemplo: "Machado de Assis, o desencantado humorista" e "O pessimismo de Machado de Assis". Aquele homem esquivo não foi tão pessimista assim. Quantas vezes uma surpresa comovida o estacou diante de certas imagens, de certos aspectos da vida! Ninguém soube querer bem e admirar tanto. "Desencantado humorista." Não. Ele conservou, na alma sempre nova, a bondade, a oculta bondade que envolve de lágrimas as coisas mais despiedosas que escreveu. Não possuiu decerto o "dom" da solidariedade. Fugia de suportar íntimos. Fechava-se dentro de uma aparência de egoísmo, sem interesse sentimental pelas atitudes alheias. Se as olhava, punha no olhar menos simpatia que curiosidade. Desencantado? Nunca. Machado de Assis pertenceu à raça dos poetas e nessa raça não existem desencantados. Ele deve ser lido e não uma vez, para verificar; muitas vezes, para sentir bem, para compreender como foi, todo, naquilo que a timidez do homem tirava da coragem do escritor. A simplicidade de Machado de Assis era a flor de uma planta de raízes emaranhadas, de vasto enxerto. Do chefe de seção exemplar ao grande lascivo, que transplantações!... Como gostava de "contar" as mulheres! Renasce o seu prazer nas palavras. Palavras com olhos. Palavras com mãos. Palavras que respiram. Não foi Rubião que mirou Sofia, certa noite, em Santa Tereza, mais uma vez fascinado pela "figura, busto bem talhado, estreito em baixo, largo em cima, emergindo das cadeiras amplas, como uma grande braçada de folhas sai de dentro de um vaso. A cabeça podia então dizer-se que era como uma magnólia única, direita, espetada no centro do ramo". E a Capitu crescendo no *Dom Casmurro*, a Virgília, do *Brás Cubas*, aquela senhora da "Missa do Galo", a outra de "Uns braços", tantas, tantas... Foi Machado de

Assis que mirou e remirou todas. Foi Machado de Assis, disfarçado, tal qual se disfarçou no Cônego Vargas e até no diplomático, o triste Rangel, de máscara festiva, namorado de devaneio, noivo da fantasia, marido de cisma da linda Joaninha, o triste Rangel, de tanta vida interior, para onde fugia, onde se fartava das insuficiências externas: "Quando rompeu a Guerra do Paraguai, teve ideia muitas vezes de alistar-se como oficial de voluntários; não o fez nunca; mas é certo que ganhou algumas batalhas e acabou brigadeiro." Em geral, a gente de Machado de Assis, boa ou ruim, nunca afirma, sempre se arreceia de chegar ao fim... Prefere assistir ao princípio e ao meio, e não sabe que é isso que prefere...

QUEM AFIRMOU...

Quem afirmou: – Meus amigos, não há amigos – não tinha imaginação. Há amigos. Amigos e amigas. Hamlet vem todas as noites conversar, e às vezes vamos juntos ao cinema. Quando chove, já sei, é Serenus que chega, como "chegara a um ceticismo indulgente e divertido, não acreditando em nada, porém achando o mundo curioso, ainda que abominável, e estimando, acima de todas as coisas, a doçura e a bondade". Hoje, a minha mesa amanheceu cheia de rosas. Desconfio que foi Santa Terezinha do Menino Jesus quem trouxe essas rosas. Talvez fosse mestra Foscarina, com o seu sorriso pálido e as suas mãos castíssimas. Para os que existiram bastante, a terra acaba numa livraria. À sombra dos livros, no meio dos livros, a felicidade é uma companheira silenciosa. Ela toma a forma das mulheres que amamos e admiramos; põem na voz e no gesto dos homens a voz com que queríamos falar, o gesto que desejávamos fazer. E que viagens! O senhor vigário Safrac, nascido e criado à beira do Garona, no país que Deus construiu com especial carinho, o outro país de todas as criaturas, – quantas vezes me tem convidado: – Querido filho, prove os cogumelos das nossas matas e os vinhos das nossas latadas. Esta é a segunda terra prometida, de que a primeira foi apenas a imagem e a profecia... – Oh! Beatriz de Sheakespeare, também lhe digo que você nasceu numa hora contente, – e você também me responde: – Não, porque os gritos da minha mãe eram demais; mas havia uma estrela que dançava e foi à luz dessa estrela que nasci...

NÃO...

Não... ninguém se entende. Acabou-se a correspondência entre as criaturas humanas. Quanto mais falam, mais se afastam. Está todo o mundo no horizonte... Calar, não seria uma renúncia solidária? Para que produzir outras separações? Não sei se este momento é triste. Alegre, não é. Terminará sendo bom. Principiaremos a perceber melhor as coisas, a verificar como são companheiras, simples, exatas, as coisas que nos cercam, as que andam conosco, formam a nossa intimidade. A roupa, por exemplo, guarda os sentimentos de quem a usa. Quem vende roupa velha, vende além do que pretende... vende prazeres, amarguras, desejos, desenganos, delicadezas, maus modos... O homem feliz não teve camisa. A verdade é que, tal qual a verdade, a gente sempre nasceu nua. Os disfarces, em seguida, foram criando os mistérios, as desconfianças, as guerras, os motivos gerais da solidão... E tudo começou por uma folha de parreira!

CULTURA...

Cultura era uma palavra velha, de vida sedentária. Poucos se davam com ela intimamente. Alguns a conheciam de vista. Alguns, de nome. Depois, por causa dos jornais, ficou popular. Popular, mais pelo som que tem nas línguas, do que pela significação que os cérebros lhe reservaram. Em certos países essencialmente agrícolas, a cultura, não sendo do homem, pode ser da terra, o que, sem dúvida, forma uma compensação. Há, também, laboratórios que fazem a cultura de micróbios, e há pessoas que imitam tais laboratórios. A que interessa, agora, compreende a herança das grandes obras do passado, e a possibilidade de a aumentar. É a cultura que precisa sair das suas sílabas para a sua realidade; e não pertencer a raros apenas. É a cultura que precisa pertencer ao maior número, a quase todos, porque a todos, – os espectadores já não têm ilusões, – a todos nunca pertencerá. Existe outra palavra, unida à cultura: liberdade. Nasceram juntas, não se separam. Onde não se vê cultura, não se vê liberdade. Onde não se vê liberdade, não se vê cultura. Uma pela outra, liberdade e cultura se definem.

BERTA SINGERMAN

Berta Singerman – ela chegou primeiro aos olhos. É um silêncio vivo caminhando para a beira do palco. Pálida, quase pequena, mais bela de sugestão que de realidade, anda como impelida. Para. Alonga os braços. Junta-os depois, vagarosamente. Desmancha as mãos sobre o rosto. Fixa no espaço as palavras que há de dizer. E só então a voz maravilhosa ascende, e nada existe além da voz maravilhosa: envolve, fascina, perturba; carícia e raiva, entusiasmo e cansaço, gargalhada e choro, onda, vento, claridade. Na voz de Berta Singerman canta, baila a alegria da terra moça onde cresceu e tem vivido, a Argentina, azul e branca, bandeira de primavera. Essas duas sensibilidades unidas fizeram de Berta Singerman a artista que a gente não esquece nunca mais...

DESEJOS...

Desejos... planos... sonhos... Todos os brinquedos da vida... Esses devaneios, essas construções de fumaça e de esperança, tão alegres, mostram bem como somos inocentes. Só temos de real a imaginação. Chamamos à imaginação: a doida da casa, – pelas coisas que cria. Ora, a imaginação apenas cuida dessas coisas. Somos nós que as criamos. Os doidos da casa somos nós. Ela é a enfermeira, não igual às que tomam o pulso, botam o termômetro, dão o remédio, vigiam a dieta, puxam a coberta, falam no dia da alta, mãos no peito, voz em segredo. A enfermeira sem modos. Não proíbe nada, não recusa nada. Quando precisa ir ver outros doentes, abre as janelas, enche o quarto de flores... a imaginação nunca nos deixa sozinhos...

NÃO, NÃO É POESIA

Não, não é poesia. Tira os óculos escuros. Olha a lua cheia sobre o mar, sobre os morros, iluminando o vento. As tuas mãos não têm vontade de pegar o ar? Que música anda desfeita nessa claridade onde parece que todas as asas se aconchegaram? Que cheiro bom de terra úmida! Foi a bruma da tarde que passou por aqui. Toma um pouco da minha laranja. Sente como o gosto dela é novo. As folhas verdes das árvores prolongam o pensamento dos outros dias. Porque é o outono, o doce outono. O jeito de frio. Desejos de querer bem. Saudades de ontem. Agora as rosas são mais bonitas. Agora os olhos dos burros não são tão tristes. Agora os outros anjos descem do céu, e os anjos da guarda mostram a eles o Rio de Janeiro. Fica feliz! Vê as estradas. Lembra-te dos teus pintores, dos teus músicos, dos que te disseram, um dia, palavras que já esqueceste: "Se podes fazer vinho, por que hás de fazer vinagre?" Sei que é difícil não fazer vinagre. Mas sei que é mais fácil fazer vinho. Quando chegar a hora de beber o vinho, será uma hora de silêncio. Entrega-te à sensibilidade. A sensibilidade é pobre, não se dá ao luxo da descrença. Abre o livro de um historiador. Roda um "mapa-múndi". Os filósofos não valem um gesto simples dos teus ombros. Os homens são sempre os mesmos... A terra é sempre a mesma. Não te escandalizes por isso. Já Leopoldo, o bem-amado, dizia ao padre Francisco, seu irmão: – Só houve um escândalo no mundo: foi a criação do mundo...

A ALMA...

A alma acompanha o corpo na viagem pela terra. Cresce com ele, com ele aprende, esquecida (já as teve, decerto) das existências anteriores. Primeiro, nas coisas e nos entes, não percebe a realidade que, mais ou menos, numas e noutros, deve haver. Na infância, é diferente o espetáculo da vida, as vozes da vida são diferentes. Deformações. A alma do menino corre com o corpo do menino, dispara pelas paisagens e pelos seres, nada lhe parece fixo, tudo se confunde dentro da rapidez. É a dança da natureza. É a roda da humanidade. Mais tarde, depois de uma parada brusca, quando o caminho começa a ser feito passo a passo, o homem vai andando e recordando. O que não viu, o que não escutou, – vê, escuta. Certos gostos, tinha provado. Certos perfumes, tinha sorvido. Na carne e no espírito carrega o que não alcançará jamais.

FALAR É DESPEDIR-SE

*F*alar é despedir-se. Estas palavras não voltarão. É preciso dar adeus a todas, com prazer, escondendo o desgosto da separação. Nossas palavras! Nossas confessoras, mais antigas do que nós, do fundo do tempo. Elas nos ensinaram o nome da luz, o nome do amor, o nome da vida. Com elas, formamos em nós os sentimentos e os pensamentos. Não se repetem. Embora o som as assemelhe, são diferentes. Têm outro eco, outro reflexo, cada vez. As bem velhas ficam assim, tão novas. São as que ouvimos melhor. Queridas palavras! Irmãs das folhas das árvores e das janelas acesas. De manhã, as folhas das árvores, que alegria! De noite, as janelas acesas, que tristeza! O dia passou no meio.

AINDA NÃO...

Ainda não se acertou bem se existe a vida real. Acho que existe. "Penso, logo existo", disse um filósofo. Resta saber se se pensa, ou se é o sentimento que faz as paisagens, as coisas, as criaturas. O que importa é não esquecer que "nem a contradição é prova de falsidade, nem a incontradição é prova de verdade", de acordo com mais um amigo da sabedoria. Muitos santos, de todos os lugares, obtiveram o céu. Oscar Wilde descobriu que "os americanos bons, quando morrem, vão para Paris". Mas eu quero ir para Florença. Quantos amigos encontrarei: poetas, músicos, pintores, gravadores, escultores, arquitetos, joalheiros... Florença é a cidade da Renascença, embora nascesse no tempo dos etruscos. Uma etimologia do nome de Florença explica que ela se chama assim pelas flores que surgem da terra, lá, as flores mais bonitas do mundo. As torrentes vindas dos Apeninos, e o siroco, chegado de mais longe, por sobre o Mediterrâneo, não conseguiram nunca devastar aquele maravilhoso "jardim da Toscana". O lírio vermelho é o símbolo de Florença, o lírio da madrugada. Florença está sempre amanhecendo. Os crepúsculos anunciam o sol e as outras estrelas da *Divina comédia*. A noite linda prolonga o dia pelos campos, para além do rio, na graça pagã dos caminhos, no êxtase cristão das colinas. Entre a luz que vai acordar e a luz que não quer dormir. Florença se aconchega nos palácios, nas igrejas, nas praças, nas pontes, nas galerias, nas bibliotecas, nos museus... Os ciprestes compridos espiam as rosas e os jasmins. No ar, o perfume das rosas e dos jardins se mistura ao perfume das laranjas, das cidras, das uvas. Ruas de Florença, com a sombra de Beatriz... Várzeas de Florença... Sinos de Florença... Fontes de Florença... Se um anjo do Senhor me participasse: – Vou te levar para o Paraíso – eu lhe pediria, olhando Florença: – Não, não me leve para o Paraíso... estou tão bem aqui!...

NÃO ADIANTA...

Não adianta ir para fora. Aqui também chove. E aqui há o mar, o dia inteiro. Não existe nada mais "fora" do que o mar. Igual a ele, só um dicionário. Hoje não estive na praia, mas aqui mesmo, entre estas quatro paredes, estive num desses refúgios de palavras, tão bons, tão simples, tão arejados. Encontrei nele amor, doçura, esperança, inocência, juventude, perdão, sonho, verdade. Ó verdade! Caí nos braços dela. Ela disse: "Conformo o que se diz com o que é". Quase que gritei: – Não faça isso! – Continuou: "Sou um princípio certo. Chamam-me também boa-fé e sinceridade." Pobre querida! Prosseguiu a narrar casos remotos, usos, costumes, histórias arquivadas... – Como você é bonita, verdade! Como você é triste! Volte para o poço, amiga, volte para o poço, de onde, um dia, veio nua. Console-se com o espelho. Com o espelho diante dos olhos, ao menos não sentirá tamanha solidão...

HÁ PELO MENOS...

*H*á pelo menos um homem que tem medo do vento, e esse homem sou eu. A notícia do ciclone que ia para o Uruguai, mas trocara de rumo, invadindo o Brasil, anulou o meu dia. Não vali nada até o anoitecer, quando o diretor do Observatório extinguiu a aflição. Notícia errada. Não se tratava de um ciclone. Simples rajadas, que nem se aproximariam daqui. Ainda bem! Que susto! Que humilhação! Para consolo desandei a ler a vida de Anchieta. Foi como chegar ao campo num sábado. O mais belo *weekend*! Anchieta é a poesia do Brasil, poesia que nasceu com ele, partiu pelos rios e pelas florestas, pelos montes e pelas planícies, deixou cantos sobre as águas e sobre as árvores... Como aquelas pedras brancas que o Pequeno Polegar deixou no caminho para não se perder na hora da volta. Quantos versos escreveu na praia de Santos, na velha praia de Santos! Não! velha não! As praias não envelhecem. Elas são o começo do mar. O mar não tem fim. O horizonte dá a ilusão do céu. O mar continua. Também a vida, continua, apesar de tudo, e vai agora numa disparada tão louca, que, se a gente se descuida, não se arrisca apenas a morrer sem sentir, mas a viver do mesmo jeito, o que será muito pior...

AS NOITES...

As noites agora são silenciosas. É um prazer não dormir assim. Enquanto lá fora uma chuva lenta cai, – com a minha solidão, aqui dentro, tenho as férias da vida. Sem ninguém, posso chamar as criaturas que desejo. Não me arrisco a encontros aborrecidos. Vejo quem quero. Falo com quem quero. A ilha, enfim! Chamei Jesus para a ilha. Jesus, que morreu solteiro, não gostou do mundo. Foi-se embora com trinta e três anos. Não veio mais. Ninguém vem mais do céu. Amo Jesus. Admiro Jesus. O maior intérprete de instintos! Sempre imprevisto, atirou aos companheiros um humorismo de esperança, contraste do nosso humorismo de manias recalcadas. Doce, em geral. Enérgico, às vezes. Essencialmente, tímido. Anestesiava-se com as palavras. O Sermão da Montanha vale por todos os paradoxos de todos os autores sobre a ilusão. As chicotadas nos mercadores valem por todas as chicotadas que ninguém depois, nem com impostos, deu nos mercadores. Nada há comparável ao último instante no Calvário. Com os gestos presos e a atitude de voo, um homem diferente morria pelo bem de todos os homens semelhantes. Os homens que o matavam não sabiam o que faziam. Os homens que matam nunca sabem o que fazem.

JORGE AMADO...

Jorge Amado – Estreou menino e não foi com um livro de versos. Deu logo um romance. O preconceito da época, da idade, não adianta para Jorge Amado. É de verdade. E nele, a verdade toma conta de tudo. São pedaços de carne e sangue, são destinos inutilizados deitando sombra sobre a vida. Mulheres e homens que não podem escandalizar ninguém, no tempo de agora. Os nomes feios são os nomes próprios da miséria. Pobre, sem assistência, sem escola, sem trabalho, sem rumo, sem defesa, sem dinheiro, sem saúde, sem felicidade, sem esperança, sem nada, a gente desgraçada não sabe, porque nunca ouviu, os sinônimos hipócritas das salas de visitas; fala como escuta, como vê, como sente. Jorge Amado subiu sempre. Será, mais alto, a mesma criatura para quem as outras criaturas existem e existem as coisas naturais, e em quem a vida toda põe tempo bom e tempo mau, mágoas de acreditar, prazeres de esperar...

POLAIRE

Polaire – No *Cais das Sombras*, apareceu um homem que tinha andado pelo Panamá, durante a mocidade. Para ele, na vida, tudo era motivo para recordar o tempo da sua viagem, o tempo em que era novo e alegre. Olhei-o bem. Velho irmão! Quem não pertence à mesma família? Todos estivemos, com vinte anos, no Panamá... o nome do país pode variar, podem variar as coisas e as criaturas: o sentimento é um só. Renan, ao se despedir do mundo, escutava ainda os sinos da cidade de Ys... Vejo, numa revista, guardada por isso, dois retratos de Polaire: da que conheci, da que continuou. Encontro na memória a "minha" Polaire, quando surgia aqui, nos cinemas, e quando me apareceu, de corpo e alma, num teatro do *boulevard*. Ouço-a, vejo aquele reflexo de mulher, aquela sombra de voz: "– Para mim, a vida é um dia, um dia que passa e vai ficando longe, longe... Adeus! Boa noite! Penso, às vezes, que toda a vida está nessas palavras... Lembrar dói. Fazer projetos... bobagem? Que resta, então? Ah! amar, hoje, amar, amar!..." Pobre Polaire! Na revista, as duas imagens trazem um título e uma legenda: "Por que tantas cigarras e tão poucas formigas? – Polaire, das mais brilhantes rainhas de Paris, morreu de miséria este inverno." Estava esquecida. Quis lutar. O nome, apagado nos anúncios luminosos das grandes fachadas, foi escrito nos cartazes das paredes humildes dos subúrbios. Também de lá o tiraram. Um dia, Polaire bebeu veneno. Conseguiram salvá-la. Salvá-la!... Morreu aos pedaços. Acabou-se. Acabou-se a viagem de Polaire. Mas, com os olhos compridos, a cintura curtíssima, a cor de outono do rosto, Polaire é um trecho da viagem de minha juventude. Não é, Rodrigo Otávio Filho? Que saudade de Polaire! A esta hora, o Felippe d'Oliveira e o Ronald de Carvalho decerto conversam com ela, e falam de nós, das canções de Bruant, das "soupes à l'oignon" junto do *Moulin Rouge*, das ruas de madrugada, do Jardim do Luxemburgo, dos "muguets", das esperanças... Adeus! Boa noite! O dia passou...

O DIA NOS OLHOS

O DIA NOS OLHOS

Acordei com o dia nos olhos. E até agora, tenho sido um cartaz de bom humor. Definitivamente romântico. Olhei, agradecido, as areias, as árvores, as janelas, as nuvens. Nunca vi mulheres tão bonitas! A magreza delirante desapareceu. Voltaram as linhas curvas, os caminhos mais compridos de um ponto a outro ponto. Que bailado, à beira das ondas, com a música do mar, a iluminação do céu, os maiôs maquilhando um pouco os corpos cor de sol! O Rio é praia. Os trajes do Rio hão de ser assim. Vem do Padroeiro o exemplo. São Sebastião é o figurino, o modelo, o manequim. Neste clima, ficar de tanga não deve definir ficar na miséria. A tanga constitui o vestuário próprio da cidade. São Sebastião, há muitos anos, anda de tanga, e, apesar das flechas, sempre resistiu a qualquer pressão atmosférica...

DILÚVIO

Quando o céu começa a escurecer, nessas tardes que terminam alagadas, com chuvas absolutamente escandalosas, o capítulo sexto da Gênese dá um pouco para assustar. Lá se conta que, vendo Deus como era imensa a malícia dos homens, e como os pensamentos deles eram sempre aplicados de jeito ruim, ficou arrependido de os ter feito, e, cheio de dor, resolveu destruí-los e aos outros animais desde os répteis até as aves do ar: – Pesa-me o que criei. Então houve aquela enchente medonha. Foi-se a quantidade. Mas a qualidade saiu intacta da arca, que encalhou sobre os montes da Armênia. Apesar de não ser bem civilizada, a vida já estava muito nervosa, nas vésperas do Dilúvio. Será que vai haver repetição? A lua reaparece. Fico tranquilo. Não vai haver repetição. Mesmo porque (ouvi dizer) Deus não fará segundo Dilúvio: ele viu a inutilidade do primeiro.

PONTO

Nas sextas-feiras pareço mais velho. Antes, isso podia ser porque sextas-feiras eram dias de jejuns. E agora? Agora todos os dias não são de jejum? Há de haver outro motivo. Há outro motivo sempre. Talvez eu me lembre de mais. Vejo-me lá longe, sem carteira de identidade, doido pela noite, íntimo de todas as estrelas. As rosas dos jardins eram minhas. Serenidade nas coisas. Simpatia nas pessoas. Como se o ar fosse repetindo: – Salve Rainha, mãe de misericórdia, vida, doçura, esperança nossa... Dava gosto ser. O amor andava solto pelo mundo. Nós andávamos por onde o amor andava, do céu aos países mais irreconhecíveis. Um dia, a guerra veio. A guerra ficou todos os dias. Às vezes, finge que é a paz. Finge tão mal, coitada!

IRMÃOS

Um amigo que eu tive, e morreu velho, me disse um dia: – Há os românticos e há os imbecis. – Era a sua definição da humanidade. Confesso que, então, (ia fazer vinte anos) não entendi. Depois, vim vendo o espetáculo da vida. Cheguei à idade do meu amigo. Posso pensar como ele. Que pena: há os românticos e há os imbecis! Desde Caim que isso acontece. Desde antes, talvez. Os românticos são poetas, são santos, são heróis. Os imbecis são o contrário. Os românticos têm corpo e alma, têm espírito, e é o espírito que os conduz. Os imbecis têm corpo, o resto é em-vez-de... A ausência de raciocínio, ali, é força da natureza. Os românticos são livres. Os imbecis são determinados. Os românticos aspiram. Os imbecis roncam. Os românticos aprendem, melhoram. Os imbecis não se mexem sem empurrão, ignoram tudo, tudo o que existe de bom, de belo. Só se olham. Acham tudo feio e tudo ruim. Não conhecem o amor, a admiração. Sabem apenas odiar. Os românticos evocam o Dia de Natal. Os imbecis, a Noite de São Bartolomeu. Os românticos destruíram a Bastilha. Os imbecis alargaram pelo mundo os campos de concentração. A vida é assim. Mas a vida não deve ser assim. Os imbecis são irmãos dos românticos. Que alegria será transformar a Terra, este planeta de lusco-fusco, no mais luminoso dos planetas! Sorrir para o céu, para as montanhas, para as praias, para os rios, para os mares, sorrir sem nenhum pacto, para a gente feliz!

MULHERES

Admiro as mulheres admiráveis e admiro as mulheres detestáveis. Todas têm a sua razão de ser. E nenhuma tem culpa. São elas, diversas, que tornam a vida um espetáculo interessante, embora, às vezes, um pouco violenta. Dizem que as mulheres na Trácia lincharam Orfeu. Será verdade? Inventam tanta coisa!... Não se lembram de um bloco que fez vários carnavais no Rio? "Quem fala de nós tem paixão." Era de mulheres e de homens. Devia ser só de mulheres, porque é delas que os homens falam, é por elas que eles têm paixão. Isso começou no começo do mundo. Velho uso. Costume velho. A mais remota das tradições. As mulheres sempre passaram mal nas palavras dos homens. Não espanta Schopenhauer as definir: "Animais de cabelos longos e ideias curtas". Schopenhauer exercia a mais triste das profissões: a de pessimista. O que parece incrível é que Voltaire também fosse contra as mulheres, e um século antes. Certo dia, em casa de Madame du Châtelet, com um garoto no colo, Voltaire lhe contava histórias e ensinava coisas. Das coisas que ensinava, uma era esta: "Meu amiguinho, para triunfar junto dos homens, precisará conseguir o auxílio das mulheres; para conseguir o auxílio das mulheres precisará conhecê-las. Aprenda desde já: todas as mulheres são falsas.". Madame du Châtelet, que ia entrando, protestou: "Como? Todas? Oh!" Voltaire respondeu: "Minha senhora, não se deve enganar a infância." Outro suspirou: "Quando uma mulher se convence de que é necessária à felicidade de um homem, está nas vésperas de o tornar infeliz." A rapsódia não tem fim: "Há mulheres que se matam por amor, mas são sempre as mesmas...". "Nós fomos o infinito no amor. As mulheres não se metem nisso." O Eclesiaste foi medonho. E até São Cipriano exclamou: "A ligação com uma mulher é a fonte de todos os crimes, é um visgo venenoso de que se aproveita o diabo, para se apoderar de nossas almas." Prefiro a sabedoria dos judeus simples: "Quem encontra uma mulher, encontra a felicidade." E não me esqueço de que Jesus, quando ressuscitou, foi primeiro às mulheres que apareceu...

A LONGA HISTÓRIA

O que é preciso é defender a imaginação. Está-se gastando demais essas últimas sobras da nossa herança. Chegou o tempo de fazer economias. Só temos a imaginação! O resto foi como o toucinho que o gato comeu; o gato que fugiu para o mato; o mato que o fogo queimou; o fogo que a água não apagou – porque não havia água; por isso o boi não bebeu; mesmo que bebesse, não moeria o trigo, porque também não havia trigo nem para a galinha espalhar; o que, aliás, (manda a justiça que se diga) não obstou que a galinha pusesse ovo, ovo mais caro que o ovo de Colombo... Por essas e outras um treinador de futebol alertou os discípulos: – Prestem atenção, a cabeça é o terceiro pé. Antes do fim da guerra Walter B. Pitkin escreveu uma *Breve introdução à história da estupidez humana*. A história será longa. Só a bomba atômica e a bomba de hidrogênio – quantos volumes! Curiosas essas bombas! O que elas matam logo, ainda apagadas, é a inteligência. Destroem assim a derradeira migalha da realidade. Mais perigosas apagadas do que acesas. Vários bichos resistiram às explosões! Vários homens, com tais armas apenas em estado de hipótese, perderam a direção. Neles, a bomba modernista é a cabeleira de Sansão... Coitados! Vão acabar todos como aquele: – Que é isso! Você perdeu os cabelos? – Não perdi! Arranquei-os, de raiva! – Por que, homem? – Porque eles estavam caindo.

MARLENE DIETRICH

A primeira visita de Marlene Dietrich ao mundo foi no *Anjo azul*, que não era um navio, não era um avião, era um filme. O mundo apaixonou-se por Marlene Dietrich. Muito loura, com o corpo, um jeito de ver, que ia ao fundo da vida; pessoalíssima, destruiu as numerosas celebridades do sexo. Misteriosa. Escancarada. Instintiva. Verdadeira. Inocente. Sem pudor. Asta Nielsen oxigenada, diferente de Asta Nielsen como é diferente de Greta Garbo. May West melancólica. Com lentidões que a continuam no ar. Voz cansada de muito se calar e que ainda canta: "*Quand l'amour meurt...*". O escultor Rodin gostava de repetir que o corpo da mulher é uma obra-prima. Exagero dele. Obra-prima dá ideia de coisa muito direita, muito bem acabada, certa, tudo no lugar. Que diria o velho artista diante do corpo de Marlene Dietrich? Marlene Dietrich é toda errada, toda desarrumada. Reta, igual à chuva. Torcida, igual ao vento. A estandardização não conseguiu estandardizar Marlene Dietrich. Corte difícil. Tão difícil quanto Katherine Hepburn. Mas os cabelos de Katherine Hepburn andaram por aí, e de Marlene Dietrich nada se espalhou até hoje, – hoje que ela é avó, a avó mais bonita do mundo.

ESPÍRITOS

*F*ala-se muito em espíritos. Do outro mundo. Invocados. Lembro-me de vários, que conheci de nome, de vista e pessoalmente. O mais antigo: o "Espírito de Deus", "movia-se sobre a face das águas", antes da criação. Depois, o espírito que mais me impressionou tinha a etiqueta de "espírito de vinho"; servia para esquentar água no fogareiro; reencontrei-o mais tarde, com o rótulo de álcool, molhando algodões para injeções. Chamava-se outro: "espírito de contradição". Outro: "espírito moderno". Outros ainda, visíveis ou invisíveis: o "espírito do mal", por exemplo, e, naturalmente, o "Espírito Santo", que era uma pomba de prata numa bandeira com muitas fitas, e dava direito a fogos na Praça da Matriz, em Porto Alegre. Não cito o meu anjo de guarda – "puro espírito", apesar dos pesares. Nem me refiro aos "homens de espírito", entre os quais Montesquieu, autor do "Espírito das Leis". Espíritos sumidos. O que sobrou: "espírito do nosso tempo": é mais conhecido por "espírito de porco".

O GRANDE DESEJO

Não adianta o mar. O medo de morrer que, em meses diferentes, já excita, agora põe em plena aflição as mulheres e os homens da cidade. Morrer antes do Carnaval! Nunca! O grande desejo é a chuva, chuva que encha as ruas, bote respiração fresca nos peitos abrasados. Melhor é recorrer mesmo aos meios antigos. Em 1792, um verão atormentou a população de Pernambuco. A população pediu licença ao Bispo D. Frei Diogo de Jesus Jardim para fazer uma procissão de penitência. O bispo aconselhou: – Nada de procissões, meus filhos. A verdadeira penitência consiste na emenda da vida, na reforma dos costumes. Ide, pedi a Deus o perdão de vossos pecados, arrependei-vos, e a chuva há de cair. Foi seguido o conselho. E a chuva caiu. Repetir a obediência às palavras de D. Frei Diogo de Jesus Jardim pode ser que não seja fácil, no momento. Então, existe outro meio. Creio que infalível. Depende apenas do Serviço Nacional de Teatro: construir um palco ao ar livre, no Campo de Santana, em qualquer campo, e anunciar um espetáculo. A chuva não resistirá. O Teatro da Natureza inundou o Rio, há quarenta anos. E muito antes do Teatro da Natureza, pelas vésperas da festa da Circuncisão, em São Vicente, – informa Pedro Rodrigues na *Vida do Padre José de Anchieta* – a capitania inteira se aglomerara para assistir a uma obra do irmão poeta: "Senão quando, sobrevém uma grande tempestade e sobre o teatro se põe uma nuvem negra e temerosa que despedia de si algumas gotas bem grossas, com que a gente começou a se inquietar e despejar os lugares em que estava." Também a água da terra, que ficou tão feia, não corre de todas as bicas. Em compensação, a água mineral subiu de preço. O mar, porém, continua farto e de graça. Dentro do mar, a sede não ataca, e a insolação não mata. É ir tenteando, mais um mês. Porque, terça-feira de Carnaval, na hora dos préstitos, choverá. Tudo é capaz de falhar. Os préstitos nunca falharam.

PORTUGAL

A gente nunca se lembra bem. A memória é uma tarde nevoenta. Mas posso talvez dizer: aprendi a sentir nas cantigas do povo de Portugal e nos livros dos seus poetas. Não foi em vão que tive dois avós nascidos no país onde nasceu Pedro Álvares Cabral. Aquelas paisagens, aquelas criaturas, antes dos meus olhos pousarem sobre elas, passavam em evocação na minha alma. Quantas vezes andei na Serra da Estrela, à neve, entre zagais! Quantas vezes dancei na festa do Senhor de Matosinhos! Quantas vezes, no Choupal, em noites de lua cheia, escutei, encantado, os sinos de Santa Clara e a guitarra de Hilário! Meu companheiro era Antônio Nobre e com ele quantas vezes, na estrada da Beira, bebi, em canecas muito brancas, o vinho muito verde que me deu inocência para toda a vida...

UMA IMAGEM

*H*á muitos anos, compreendi que não convém contrariar ninguém. Todos têm razão. A "sua" razão. Inelutável. Apenas, e para não contrariar quem declarou: "Não há regra sem exceção", ainda não consegui concordar com a diferença que se faz, geralmente, do "espírito", e da "matéria", numa mulher ou num homem. Não creio nessa diferença. São dois nomes do corpo. Nem o argumento da morte me convence de que não tenho razão. Quando nos lembramos de uma criatura morta, sentimos bem que ela volta como a olhamos, como a ouvimos, como a tocamos, – única, – de aparência intacta. Ninguém desencarna na nossa memória. A "matéria" não se some na terra. O "espírito" não se some no espaço. O corpo deixa uma imagem só em nós, a imagem que a vida dá, e a morte não tira. O resto, é esquecimento... Que é que chamamos realidade? Isso que toca os nossos sentidos? Mas isso fica além de tudo o que existe.

LÂMPADAS QUEIMADAS

A humanidade está sem tempo de pensar. O entupimento dos crânios, introduzido nos usos e costumes, desde as primeiras guerras deste século, ficou sendo um estado de nascença. As crianças já vêm assim de cabeça lotada. Condição da gente que povoa hoje a geografia universal. Gente cheia. Há nela, talvez, uma única preocupação pessoal, porque varia um bocado nos aspectos: é a preocupação de ter o retrato em jornais e revistas; o retrato numeroso, de grande tiragem, visto por muitos olhos, em ruas, praias, "bars", banquetes, conferências, desastres, enterros, missas em ação de graças, missas de sétimo dia, bailes vestidos, bailes nus, em qualquer parte: o retrato! Mulheres, homens, inglesas, o que querem é aparecer na maior publicidade. Por isso, há casamentos, desquites, suicídios, a Escola Nacional de Belas Artes, o Museu de Arte Moderna, a Cexin, as agências de turismo... No momento, a moda é aparecer às gargalhadas, não importam as circunstâncias. Grupos irresistíveis. Poses sozinhas, completamente entregues à graça, não se sabe de quê. Bom profissional, aquele repórter fotográfico que, ao armar a máquina e a lâmpada, pedia aos que se preparavam para o instantâneo: – Façam um ar inteligente! – E quando terminava: – Obrigado. Podem voltar ao natural.

RESTOS DE VIDA

*H*á cidades diferentes, de dia. De noite, todas as cidades são iguais. Porque, de noite, a gente olha para o chão. Os olhos baixos, às vezes, não significam tristeza. Pode-se ir alegre assim. Mas os olhos baixos mostram sempre a solidão. Ao sol, os homens vivem aglomerados e separados. Cada um tem uma ideia, e essa ideia em geral é de egoísmo. No luar, os homens, raros, se apaixonam, confraternizam. Uma saudação une, ao mesmo tempo, os que iam em rumo diverso: – Boa noite, amigo. – Boa noite, amigo. – Como se aparecessem naquele instante sobre o mundo. Não sabem nada. Não se lembram de nada. As histórias que contam são novas. Não lhes saem de dentro. Vêm de fora, do silêncio, claridade esparsa, da imaginação sem dono. Pura poesia. – Eu vi um sonho... – E diz, em segredo, o sonho que não viu e que está vendo. O amigo escuta muito interessado, e abana a cabeça, e sorri, e se põe sério, aflito, se o sonho fica perigoso de repente... – Que coisa, hein! – Porém tudo se salva. O narrador para, limpa a boca, tranquiliza: – Aí eu acordei. – É por isso que eu não gosto de dormir. – É, dormir não é bom, não. – Nenhum tem certeza se já dormiu. Outros não falam. Fazem monumentos. Outros cantam, devagar, cuidando de que a voz não suba além dos seus ouvidos. Outros, três, quatro, nas soleiras das portas, nos degraus das escadas, formam desenhos que ainda não foram desenhados. Restos de vida. Caíram da mesa. Ficaram na terra, junto da terra, como pedaços dela. Nas calçadas, no meio da rua. Pobres. Maníacos. Doidos. De dia. De noite, não. Homens apenas. Simplesmente homens. Com um drama esquecido. Com um país distante. Sem memória. Sem ninguém. Os sozinhos. – Boa noite, amigo. – Boa noite, amigo.

ÁGUA

*E*m tantos nomes que tem, em tantas formas que toma, é sempre a amiga sem fim, que, desde o primeiro dia da vida, se acostumou a todas as generosidades. Não é a Bíblia que conta: – Depois de criar o céu e a terra, o espírito de Deus era levado sobre a água. – Por ela, mais tarde, São Francisco de Assis louvou o Senhor: – pela nossa irmã água, tão útil, tão humilde, tão pura. – Água... No seu jeito simples e livre, – água corrente, – andando, andando, a si mesmo se domina: "Devagar, mais devagar, que não vá alguma sede não me poder alcançar." Na juventude, olhamos para as estrelas. No tempo de baixar a cabeça, é a água que vemos. Mas, na água, ainda as estrelas brilham, e então parece que estão mais perto. A água extingue o orgulho de afirmar: – Ninguém diga: desta água não beberei. – A água apaga a ilusão de refazer: – Águas passadas não moem... – A água dissipa o desânimo de insistir: – Água mole em pedra dura, tanto dá até que fura. – Unida ao pão, – pão e água, – consola a miséria... A água é a inocência da terra, a doçura da vida. Se traz males, não se sabe. Se os homens a aproveitam para ruindades, é porque, às vezes, os homens são mais fortes do que a água. Na Idade Média, a lei autorizava fervê-la para o último banho dos moedeiros falsos. Em idades de outros tamanhos, o suplício da gota de água foi exploradíssimo. Que culpa cabe à água nos exageros do Dilúvio? – Água das fontes, embalo, carícia. – Água dos chafarizes, oração, bênção. – Água dos lagos... água dos rios... água dos mares... água que faz as ilhas... água que faz as nuvens... água que faz as chuvas... – Bendita seja, no sereno noturno, na névoa da manhã, nos olhos alegres e nos olhos tristes... água que batiza... água que dá a extrema-unção... bendita seja!

TREZE DE JUNHO

*B*oa noite, Santo Antônio. Pensei em mandar-lhe esta carta, hoje, por um disco voador. Até agora, não passou nenhum. Talvez passe, logo mais, um balão. De qualquer maneira, quero que o senhor saiba que todos nós, aqui de casa, não nos esquecemos do seu dia. Como vai? Ótimo, não? Não há nada como a eternidade! O amigo preparou-se para ela. Deve estar acostumado. Não deseja, não se lembra, não se aborrece. Santo! Ninguém lhe dá preocupações. As onze mil virgens concordaram em ficar solteironas. São umas excelentes tias. Entre os anjos e os colegas, pelas alamedas, à beira dos lagos, ouvindo os pássaros e as fontes, o senhor passeia a perfeição infinita. Desde que partiu para o céu, pequenas modificações se produziram na terra. Encontrou-se um novo mundo. O mundo novo, nos últimos tempos, misturado com o velho, fez grande publicidade para o lançamento de um mundo melhor. Um mundo só, tal qual ideara um norte-americano inteligente, que já desencarnou. Mulheres e homens continuam semelhantes às mulheres e aos homens das cidades e dos campos do século treze. Mudaram um pouco de roupas e de nome. As casas é que, por falta de espaço vital, treparam umas por cima das outras. Balançam em geral. Às vezes, caem. Progressos de coisas. O que desapareceu foi o espírito, Santo Antônio, não o que se incorpora e desincorpora, particular, interior, de um a um, – sim, aquele universal que iluminava a vida. Mas, vamos indo, meu santo, como os parentes vão indo em Pádua, em Lisboa, no Monte São Paulo. Temos, ao menos, as doçuras da contemplação. Envie um sorriso seu para a terra que está carrancuda. Ponha um pouco da sua calma numa nuvem e faça a nuvem se desmanchar em chuva sobre a humanidade tão cheia de excitação. Abraços, amigo. Saudades aos amigos felizes aí de cima.

AMOR

*L*á longe, muito antes ou pouco depois da construção do mundo, Psiquê era a alma, e o Amor era a inocência de todas as curiosidades sem ponto de apoio. Só existia um espaço vital. Com o desenvolvimento do sistema métrico, Psiquê, um dia, ficou substantivo comum, e, em vez de abstrato, por longo tempo se manteve concreto, na forma de um móvel com espelho, onde as mulheres guardavam pós, cremes, sinais, pentes, perfumes, segredos em geral. Hoje, como a alma antiga, Psiquê é um móvel antigo, fora de uso; pode servir de adorno num canto de apartamento. O Amor é que continua igual. O mesmo ingênuo. Puro, feliz. Não sabe nada. Espera tudo. Por exemplo: houve guerra, há guerra, haverá guerra. Ele não viu, ele não vê, ele não verá. O Amor é do amor. Para o Amor a vida não tem outro sentido. O resto é lenda. Novalis descobriu na flor o símbolo do mistério do nosso espírito. Pois no Amor deve estar o símbolo do mistério do nosso corpo. Aquela mulher adivinhou quando disse àquele homem: "Sou mulher e fantasma. Faze de mim o que quiseres.". Santo Antônio teria opinião diferente, ouvindo a Rainha de Sabá que o tentava: "Ri, belo ermita... ri... hás de sentir como sou alegre. Faço cantar a lira, danço como uma abelha, e sei uma chusma de histórias que te contarei, mais divertidas umas do que as outras...". Se é verdade que só se encontra a verdade por acaso, desconfio que a Rainha de Sabá, apesar de vestida, acabara de sair de um poço. O erro do mundo foi querer transformar o Amor em Economia Política: ciência da produção, da repartição e do consumo das riquezas. Afirmam os pessimistas que nós sofremos porque, no Paraíso, a mãe da nossa família comeu uma maçã. Entretanto, agora se avisa: "na casa em que entra maçã, não entra médico". Lembram-se da visão do velho Silvestre Bonard? Era linda. Falava: "Sonham comigo, e eu apareço. Encho de graça o mundo. Ando por toda a parte: no luar, numa fonte, na folhagem que se mexe e canta, nas nuvens brancas que sobem, cada manhã, dos campos, por entre as urzes cor-de-rosa. Quem me vê, me ama...". Por isso, ainda, as histórias melhores são as que pararam no amor.

ABENÇOADOS

*E*screver, aqui, ainda não é profissão. Há sempre outra profissão que dá ao escritor, entre nós, a possibilidade de escrever. No Brasil, o homem de letras é um homem que "também" escreve. Não existe nada mais parecido com um homem do que um livro. Com um homem ou com uma mulher. Porque os livros têm sexo. Encontrei livros masculinos, livros femininos, livros neutros. Bem ou mal encadernados, entes e livros carregam destino igual. Só que as nossas traças e os nossos cupins exageraram na rapidez. Há livros felizes. Há livros infelizes. Todo livro é um milagre. Mesmo o livro que não presta. Começou dando prazer a quem o realizou, prazer de ilusão, o melhor; e, a quem o lê, dá a ventura de se julgar superior, ventura que não é séria, mas é tão agradável! O livro é o milhão dos pobres. É a certeza dos impossíveis desesperados. É o Pedro Álvares Cabral das terras desconhecidas, descobertas por acaso. É o mundo debaixo dos nossos olhos. Pelo livro podemos viajar em torno de um quarto e ir até aos planetas suspeitos de rivalidade. Vemos obras-primas de museus e exposições, sentados em casa. Vamos à guerra de pijama. Assistimos em Nova Iorque e em Tóquio a comédias dolorosas, a dramas engraçados, a óperas adormecentes. Olhamos bailados. Ouvimos canções. Pelo livro entramos nos circos universais e os palhaços fazem cabriolas, saltam, gritam coisas diante de nós, que nunca tínhamos rido tanto... Abençoados os que fazem livros! São eles que inventam a vida. São eles que mudam os figurinos da vida.

A POSSÍVEL RESPOSTA

Qual a obra-prima da literatura brasileira? Difícil de responder. É tão comprida a palavra literatura! Um sermão de Mont'Alverne? *Iracema*? *Memórias póstumas de Brás Cubas*? *Um estadista do Império*? Aquele discurso de Rui Barbosa, na Bahia? *Os sertões*? O prefácio de Graça Aranha à correspondência de Machado de Assis e Joaquim Nabuco? *O caçador de esmeraldas*? Qualquer conto de Simões Lopes Neto? Qualquer crônica de Rubem Braga? "Noturno de Belo Horizonte" de Mário de Andrade? "Carlitos" de Carlos Drummond de Andrade? As cartas de Felippe d'Oliveira? *Angústia* de Graciliano Ramos? Como escolher em toda essa vida? Fico na dúvida, afinal, entre duas mortes; a de José Dias em *Dom Casmurro*, e a de Rubião em *Quincas Borba*. Por quê? Porque nunca Machado de Assis achou mais pena no seu sarcasmo. Que boa morte a do homem dos superlativos, tão serviçal, tão dedicado que sempre aconselhava a homeopatia para as moléstias alheias, mas que, deitado na última cama, não quis nenhum médico homeopata. "Não. Basta um alopata. A alopatia é o catecismo da medicina..." O dia entrava muito claro pela janela. "Lindo dia, José Dias!" Ele disse: "Lindíssimo..." O último superlativo. O outro, que herdara tudo do filósofo de "Humanitas", até a loucura, – na derradeira hora, convencido de que era Napoleão III, ergueu de repente os braços, de mãos vazias... Esperem. Desconfio que está aqui a obra-prima da literatura brasileira: "Capítulo CC" – "Poucos dias depois morreu... Não morreu súdito nem vencido. Antes de principiar a agonia, que foi curta, pôs a coroa na cabeça, – uma coroa que não era ao menos um chapéu velho, ou uma bacia, onde os espectadores palpassem a ilusão. Não, senhor; ele pegou em nada, levantou nada e cingiu nada; só ele via a insígnia imperial, pesada de ouro, rútila de brilhantes e outras pedras preciosas. O esforço que fizera para erguer meio corpo não durou muito; o corpo caiu outra vez; o rosto conservou porventura uma expressão gloriosa. – Guardem a minha coroa, murmurou. Ao vencedor... – A cara ficou séria, porque a morte é séria; dois minutos de agonia, um trejeito horrível, e estava assinada a abdicação".

O HOMEM DOS OLHOS SEM MEMÓRIA

*E*ra uma cara além de toda a realidade, e nenhuma fantasia até ali tinha conseguido a invenção dela. O dono, mais alto do que baixo, mais magro do que gordo, não se soube ainda por que, entrou naquela casa de molduras, que vendia quadros também. Diante de um quadro, o dono da cara, depois de olhá-lo bem, não se conteve: – Que horror! Isto é que é a tal pintura moderna?! – Não senhor, – disse o empregado vindo para atender o freguês, – isto é um espelho...

HAVIA UMA OLIVEIRA NO JARDIM

A CRÔNICA...

A crônica deixou de ser uma coisa grande, à beira da história. Ficou sendo uma conversa rápida, como no telefone. Ela tinha muito da carta, a velha carta do tempo de Madame de Sevigné, por exemplo, e que, na nossa língua, deu a correspondência de Eça de Queirós para os jornais do Rio, e já tinha dado aqui, depois de José de Alencar, a "Semana" de Machado de Assis, os "Folhetins" de França Júnior, os "Humorismos" de Urbano Duarte, e as colaborações de Arthur Azevedo, Felício Terra, Carmem Dolores, Paulo Barreto, Gilberto Amado, Lindolfo Azevedo, Constâncio Alves, Mme. Crisanthème, Lima Barreto e, já depois de 1922, Antônio de Alcântara Machado. Os iniciadores da crônica atual foram, muito antes da Semana de Arte Moderna, Mário Pederneiras, Felipe de Oliveira, Vitório de Castro, no "Fon-Fon", às vésperas da primeira grande guerra. Tornou-se mais direta. É uma comunicação. Com um pouco de poesia e um pouco de graça. Em traje de esporte. Dá bom-dia, dá boa-tarde e boa-noite. Diz o que se queria dizer. É uma voz na solidão de quem a lê e de quem a escuta.

O CHAMADO "MEIO LITERÁRIO"...

O chamado "meio literário" do Rio é menos um fato que uma ideia, e uma ideia que ninguém faz. Cidade esparramada, sem centro visível, a capital provisória do Brasil não junta os seus homens de letras, separa-os. Há, desse gênero, homens em todos os bairros. Às vezes eles se encontram, por acaso, um com um, com dois, com três, nos domingos, em Petrópolis; em outros dias, na praia, num enterro, numa livraria, num restaurante. Os escritores nacionais, como escritores, ninguém os considera exercendo uma profissão. São os "maiores abandonados". Médicos, bacharéis, engenheiros, farmacêuticos, operários, funcionários, civis e militares, a fama de que "também" escrevem, logo os prejudica. Poeta, em 1958, ainda é uma palavra de lástima ou de censura: – Ah! seu poeta! – Se você não fosse poeta!... – Com isso, dito com ternura ou com desdém, as pessoas "sensatas" deploram a pobreza de uns, ou pretendem ensinar aos outros o que devem fazer para conseguir dinheiro. As pessoas "sensatas" acham que formam o "público", mas não formam. Há vários públicos no "público", – espécies de filtragens, dinamizações. Há o grande público, ignorante de preconceitos, a turma anônima, ultrassimpática. Há o público "entre", com a cabeça nas cabeças alheias, que não pensa sem ver pensar, o público de opiniões emprestadas. Há o pequeno público, a quem nada, além dele, interessa:

por ser pequeno é intitulado "rodinha" e "igrejinha". E há, graças a Deus, o público que compra livros, lê os livros que compra e admira os autores. Esse está crescendo e se multiplicando. Esse é que dá aos "maiores abandonados" a sensação da vida. Tem um pedaço de todos, e é, de todos, o melhor pedaço...

CARLOS SCLIAR...

Carlos Scliar dependurou as suas gravuras, simplesmente, ali, no saguão da Biblioteca Nacional. É muita recompensa que a gente ganha, indo da rua até aquele silêncio. Alguns degraus deixados atrás e outro mundo aparece, mundo sentido bem, mundo inteligente, mundo em paz. O catálogo, onde há uma ovelha tosquiada, conta: – Esta mostra é uma seleção da obra gravada do pintor Carlos Scliar, a qual atinge cerca de duzentas peças entre avulsas, séries e ilustrações para diversos livros, realizadas depois de 1942, em São Paulo, Rio, Paris e Porto Alegre. A partir de 1953 trabalha na série "Estância". Guardei a carta que Carlos Scliar me escreveu, menino, muito antes de ir para a guerra, no tempo em que começava a andar com a poesia e supunha que era em versos que devia contá-la. Foi poeta sempre. Os versos transformaram-se em traços. Não sei de poesia mais envolvente que a da cerca, quase tombada, de portão aberto além, entre o céu e a cochilha: a vida está descansando, a solidão é uma presença sem fim. Carlos Scliar dá pureza a tudo. As criaturas e as coisas não existiam assim. Cada gravura de Carlos Scliar faz um descobrimento.

MANUEL BANDEIRA...

Manuel Bandeira, numa livraria nova, que vai existir com a boa sorte do seu nome a louvando, nós nos juntamos para lhe repetir o nosso amor e nosso encantamento. Como está publicado, você completou setenta anos. E isso é um modo de dizer. Ninguém envelhece. Os anjos da guarda não deixam. O que, às vezes, há, são pequenos acidentes do lado de fora. No lado de dentro, tudo continua igual. Você é sempre bem nascido, e sempre menino. Que foi que o destino fez de você? – o poeta Manuel Bandeira. Pelas dores lhe deu a recompensa de sentir assim, de pensar assim. Pelas ausências lhe deu a ternura das amigas e dos amigos. Pela desesperança de um dia lhe deu a esperança da vida toda. Daqui a outros setenta anos, também noticiados nos jornais, você partirá de Pasárgada para o país de Nosso Senhor. Imagino você chegando ao céu. "Irene preta, Irene boa, Irene sempre de bom humor" correrá para a porta, e, antes que você diga uma palavra, ela lhe beijará as mãos, contente, contente: – Entre, meu branco, o senhor não precisa pedir licença! – E todos os que "estavam dormindo profundamente" se acordarão de olhos felizes...

JOSÉ LINS DO REGO...

José Lins do Rego, na Academia, chamou Ataulfo de Paiva: beija-flor. E isso produziu algum escândalo entre os imortais. A verdade, mesmo em imagem, perturba o senso comum.

Sim, Ataulfo de Paiva foi um beija-flor, ou, como ele próprio gostaria de dizer, um colibri, que é certamente o mais polido dos pássaros.

Aquele homem de tantos anos tinha vindo do século XVIII francês. Em traje de dia, de noite, de opa, de toga, andava vestido como nos salões de Paris quando Fontenelle, quase centenário, encantava as belas marquesas.

Ninguém mais gentil. Bem do tempo do moribundo que, recebendo à última hora uma visita teimosa, dessas que não saem, lhe murmurou no suspiro final: – Desculpe... sou obrigado a morrer na sua presença.

Ataulfo de Paiva conservou-se assim. Era a encadernação da sua delicadeza. Irrepreensível, com uma simpatia em geral, do chapéu às polainas, deslizou pela vida, afável, civil, perfeito. Nunca escolheria "as dez mais" porque sempre viu nas senhoras elegantes "as todas mais".

Sabia na ponta da língua as frases feitas, de maior consumo na sociedade. No verão, o calor senegalesco. No inverno, o frio siberiano. Petrópolis, a cidade das hortênsias. Jantar, digno de Luculus. Festa, conto de fadas. Mocinha, botão de rosa. Rapaz, jovem efebo. E afetuosas saudações, cumprimentos efusivos, ensejos aproveitados. Nem há dúvida de que, no céu, ao ser apresentado a Deus, disse: – Deus! Ah! Muito prazer em conhecê-lo pessoalmente! Já o conhecia muito de nome.

TÔNIA CARRERO...

*T*ônia Carrero, Paulo Autran, Adolfo Celi apresentam *Otelo* no Teatro Dulcina. Lotações esgotadas. Não aconteceu aqui aos três artistas o que aconteceu em Nova Iorque a Orson Wells com o *Rei Lear*; êxito no palco, prejuízo na bilheteria. Shakespeare dá sorte no Brasil! Shakespeare nos trouxe Sérgio Cardoso em *Hamlet*, e a tradução de Tristão da Cunha. Shakespeare nos trouxe a tradução de *Romeu e Julieta*, de Onestaldo de Pennafort, noutra grande noite do Teatro do Estudante, e agora a tradução de *Otelo*. Shakespeare está trazendo todas as suas obras à nossa gente, pelas traduções de Carlos Alberto Nunes. Vamos torcer por Tônia, Autran, Celi. Shakespeare lhes permitiu levar muito alto o teatro no Brasil. Encenação assim, interpretação assim, nem com Jouvet, nem com Barrault! Não creio que nenhuma artista de carreira mais longa, fosse Desdêmona, de corpo e espírito, mais que Tônia Carrero. Ela, em toda a tragédia, guarda a doçura, a inocência, a mágoa, a resignação, na sua beleza e na sua harmonia. É um bailado com palavras que a canção do salgueiro não termina, porque, morta Desdêmona – Tônia ainda fica bailando na imobilidade em que se sente a alma que tem pena de partir. Paulo Autran, sempre surpreende, de peça em peça e é tão formidável no *Otelo* quanto foi no marido de *Assim é, se lhe parece*. Ator para papéis definitivos. Não se vê, não se ouve Paulo Autran no

Teatro Dulcina. Vê-se, ouve-se Otelo. Paulo Autran renovou a fascinação dos intérpretes desaparecidos da cena universal. Conheci o *Rei Lear* de Zacconi. Conheci o *Hamlet* de Suzanne Després. Conheço o *Otelo* de Paulo Autran. Mas quero louvar o Iago, de Felipe Wagner. Quero louvar a Emília de Margarida Rey. Quero louvar Myriam Pércia, vinda do Teatro Duse, e todos que Adolfo Celi conduziu para construir uma grande hora da mais pura das artes.

ITÁLIA FAUSTA

Itália Fausta, que sabia todo o teatro, me disse uma noite:
— Preste atenção nessa Maria Della Costa. Vai ser ainda mais bela como artista. Não duvide.

Nunca duvidei. Ela estava longe da "negação espontânea" que Itália Fausta via em tantas mulheres espalhadas pelos palcos. Prestei atenção a essa Maria vinda de Porto Alegre, — minha irmã de outro tempo e da mesma terra.

Eu era um irmão coruja. Gostava do seu jeito de caminhar, dos seus olhos desconfiados, da sua fala de música. O corpo se alongava numa ondulação misteriosa, que iria depois se acender no *Canto da cotovia*, na *Rosa tatuada*, na *Alma boa de Setsuan*, e é a alma de Maria, a arte de Maria, a luz de Maria...

NÃO É SÓ...

Não é só com homens que tem havido conferências para a diminuição dos instrumentos de morte. Sem esperanças no espírito, os senhores que mandam neste mundo, de quando em quando se juntam, fazem discursos. Não concordam, voltam para onde estavam e encomendam mais canhões, mais metralhadoras, mais fuzis, mais bombas, mais gases, mais navios e aviões de guerra.

Tudo não fica igual. Tudo fica pior.

Ora, pelo menos uma vez, os bichos resolveram tratar também do desarmamento. Encontram-se dentro da floresta. Cumprimentos. Meditações. Planos. Antes da abertura da assembleia, o leão olhou para a águia, como se a estivesse admirando, e murmurou: – É preciso sucumbir às asas.

A águia pôs a vista desconfiada no touro: – É preciso suprimir os chifres.

O touro mirou o tigre: – É preciso suprimir as garras.

O tigre conferiu o urso: – É preciso suprimir as patas.

E o urso, que escutara os outros: – Não! O que importa é a proibição absoluta de todos os meios de matar, e a instituição do abraço universal.

Essa história, foi o embaixador Carlos Martins que me contou. Ele a ouviu em Genebra.

NÃO QUIS DIZER ADEUS...

Não quis dizer adeus a Heber. Ele tinha descido do Trem da Alegria e estava dormindo, cansado da viagem. Muita gente chegava àquela estação perto do jardim silencioso, muita gente cheia de flores, cheia de lágrimas. Ele estava dormindo. Agora, já se acordou. Sinto-o aqui como vinha lá de dentro, depois de repousar um pouco, na casa alta. Vinha, contava coisas, ia de uma cadeira para outra, riso bom na cara boa, magro, magro.

– Bom dia, Heber. Viu como é querido? As flores e as lágrimas lhe agradeciam. A sua voz, a sua graça, os seus jeitos, os seus casos, a sua Hora do Pato, as músicas do seu Museu de Cera davam gosto diferente ao ar, e esse gosto era a felicidade que batia em todas as portas. Você punha sol na chuva, acendia o arco-íris no mau tempo. Você era o perdão. Obrigado, amigo. Quando de novo adormecer, sonhe com a vida que viveu e continua vivendo, – o melhor dos sonhos. E volte sempre, Heber.

VEJO COM MELANCOLIA...

Vejo com melancolia maio se acabando ainda uma vez. Por que me envolvo assim na suave tristeza de dizer adeus a um mês, quase todo de chuva? Não vieram as madrugadas dos outros anos. Vieram manhãs sem o prazer das coisas que começam, meios-dias de sombras, tardes escondidas em nuvens, noites de voo cego. Onde está maio? Onde está aquele outono de flores diferentes, cantos novos, perfumes desconhecidos, aquele outono namorado da primavera, que punha na boca o beijo das palavras de amor, e nas mãos a doçura dos gestos que saudavam e perdoavam? Onde está maio que levava a gente a ser poeta diante de todo mundo? Cada hora era Nossa Senhora. Acordávamos cheios de graça. Tínhamos lido a *Inocência*. Podíamos sonhar com *Dom Casmurro*. Maio de pureza. Maio de consolação. Criança e velho. Estrada e jardim. Onde está? Onde está?

– Estou aqui, no brinquedo de que te lembras, na esperança que te acompanha, na tua luz, no teu ar, na tua música, na tua água, na tua rosa, nos braços em que te abraçaste. Estou aqui, exatamente, neste desaponto. Não me chames, errado: mês. Chama-me, certo: imagem. Chama-me, mais certo: sentimento. E deixa-me chover!

MAS, ONDE ESTÃO...

Mas, onde estão os realejos d'outrora? Eles apareciam, inesperados, paravam numa perna só. O dono, italiano, de cabelos brancos, punha a mão na manivela e o *Sole mio*, a *Paloma*, o *Miserere* do Trovador enchiam o ar. Gente se juntava em torno, caras surgiam nas janelas; até os pássaros, voando ou pousados nas árvores, nos postes, nos fios, ficavam ouvindo. Depois, quem queria saber a sorte pagava barato, e a caturrita, que dançava em cima da tampa, tirava com o bico a sorte, que já saía impressa nuns papéizinhos de muitas cores. Doces realejos! Tão sinceros, tão iguais, tão amigos! Como se tivessem vindo, há muitos anos, da primavera. A luz da primeira estrada, à beira do campo, aos poucos se apagara por tantas outras estradas, pelas esquinas, pelas praças, pelas ladeiras, pelos pátios de todo o mundo, de toda a vida. Onde estarão? Para onde foram os realejos d'outrora?

Imagino que foram para o céu, numa noite de inverno, que estão lá, entre os santos e os anjos, cantando ainda, cantando sempre o *Sole mio*, a *Paloma*, o *Miserere* do Trovador...

CARREGAMOS...

Carregamos pelo tempo a melancolia dum paraíso perdido, jardim que também foi de delícias, sem a árvore da ciência do bem e do mal, – só do bem. O homem que encontra a companheira, no amor que lhe dá, retorna à terra de onde fora expulso. Tudo intacto. Nenhuma ruína. Surpresas. Alegrias. As primeiras palavras. Os passos incertos. O homem que encontra a companheira está sempre lhe agradecendo. Ela não sabe. Não tem culpa... Foi um homem que disse: "O amor é um mal-entendido entre uma mulher e um homem". Foi uma mulher que respondeu: "Não a mim somente tu devias amar, mas ao amor que eu tenho por ti: amar este meu amor". O homem volta de antes. A mulher vai para depois. A vida passa no meio...

NAQUELE TEMPO...

Naquele tempo todos os dias eram de dar graças a Deus, e também eram sempre das mães. Não se marcavam datas assim. O mundo tinha só três diferenças: colégio, férias, Natal. A cidade se chamava Porto Alegre. O campo se chamava Aldeia dos Anjos. A gente esperava o Natal e depois ia para fora.

Papai Noel ainda não chegara ao Brasil. Creio que ele chegou de Paris com os pardais. Quem trazia as festas era o Menino Jesus. Enquanto os grandes rezavam na Missa do galo, o Menino Jesus saía do presépio com Nossa Senhora, São José, o boi, o burro, e vinha botar nos sapatos das crianças os seus presentes. Lembro-me de tantos! O meu deslumbramento foi uma boneca dada à minha irmã. Vestida de princesa, os cabelos louros, os olhos azuis, lia as Fábulas de La Fontaine, baixava e levantava a cabeça em cima de uma caixa de música: tilin-tilin-tlen... tilin-tilin-in... De volta da igreja, os avós, os pais e siá Isabel encontravam a mesa posta, debaixo do lampião, com castiçais no centro. Canja, fiambre, leitão, morcilha, arroz doce, vinho de Avintes, mandado pelos parentes do meu avô Manuel, marmelada branca, licor de pêssego feito por minha mãe em cachaça de São Jerônimo, fortíssima. Minha mãe dizia: – Este licor não faz mal, é feito em casa. – No fim, castanhas, nozes, amêndoas, avelãs, passas de uvas e de figos. A ceia do Natal ia até o amanhecer. Para os grandes. Os pequenos ganhavam as sobras no almoço, na merenda, no jantar. Cedo, agarrados às festas, tomavam chocolate com fatias. As fatias continuam. No Norte, usam o nome mais comprido, e no Rio são fatias douradas, e rabanadas.

Isso, nas casas de origem portuguesa. Nas de origem alemã: os pratos eram de *Delikatessen*: salsichas, salames, *levervurts*, presuntos, queijo de porco... Nenhum vinho do Reno; – cerveja Christofel. E cantos e danças nos intervalos.

Os italianos há pouco instalados, repetiam, nas colônias, as canções e os bailes da pátria, com os primeiros sumos das parreiras novas.

A PRIMEIRA CONVERSA
DE AMOR...

A primeira conversa de amor que, de acordo com as nossas origens, deve ter havido no mundo, ficou perdida no Paraíso. O que houve lá, antes da descoberta da ciência do bem e do mal (inclusive a datilografia), foi que Adão estava, de manhã, sentado debaixo de uma árvore, batendo numa perna, e cantando baixinho a primeira canção. Eva, afogueada de correr atrás das borboletas, veio devagarinho, na ponta dos pés, botou as mãos pelas costas, nos olhos de Adão, perguntou:

– Quem é?

Para adiante, com o mundo cheio, como as mulheres e os homens têm cochichado e gritado! Desde antes de Tristão e Isolda, de Romeu e Julieta, de Abelardo e Heloísa, de Peléas e Melisanda, de outros pares mais ou menos tristes. Desde o tempo em que elas baixavam a cabeça, coravam sem *rouge* e suspiravam, trêmulas: – Sim... – até os encontros de agora, na praia, na esquina, no cinema, na *boite*.

Num baile de caridade (baile de fantasia), escutei:

– Acha bonita a minha fantasia?

– Qual?

– Bobo!

Jean Dolent, velho, pobre, tomava o seu aperitivo num bar. Uma garota que parara na porta, a olhá-lo, decidiu-se: chegou à mesa dele, sentou-se, pegou-lhe o braço:

– Deixe dizer-lhe quanto o amo!

Jean Dolent, respondeu:

– Sim... Recita a tua fábula, pequena...

NO PRINCÍPIO...

No princípio era um jardim. Um jardim em Atenas. Havia pertencido, sem outra vocação, ao único homem que, neste mundo, (suponho) se chamou Acadêmio. Esse homem, ao morrer, transferiu à República a posse do seu jardim. Platão, vizinho e amigo dele, teve a ideia de fundar uma escola na sombra das mesmas árvores, ao lado das mesmas flores, e lhe pôs, em lembrança, o nome de Academia. Os discípulos ficaram sendo, então, os acadêmicos. Mais tarde, ainda em Atenas, também Epicuro ensinou debaixo do céu aberto, no jardim que plantara; e lá muito discorreu sobre a vida sem temor, a paz, a serenidade, e os átomos, absolutamente dignos naquele tempo. Os discípulos de Epicuro não ficaram sendo os jardineiros. Vida sem temor, paz, serenidade tornaram-se plantas de estufa. Os átomos perderam toda a compostura. Com tantas mudanças, porém, depois das idades se alquebrando e deixando cada vez mais nova a antiga, o que importa é que, na origem da boa companhia, existe sempre um jardim. Boa companhia é solidão. Recordo o caso do monge que, durante trezentos anos, se quedou, olvidado, a escutar um pássaro que cantava. Esse monge foi, sem dúvida, um grande acadêmico. Nem lhe faltou o jardim. Quem não se esqueceu trezentos anos, ouvindo um pássaro que cantava, negue esse monge como Pedro negou Jesus.

Eis porque sinto a Academia, nossa, não no modelo cortado para os continentes e as ilhas pela Academia Francesa: espécie de arquivo de glórias, até militares, – a orgulhosa Academia Francesa, onde não entraram, por exemplo, Stendhal, Balzac, Flaubert, Baudelaire, Mallarmé, Remy de Gourmont, e onde Anatole France entrou, conforme dizia: – não por ser escritor, mas por ser anarquista... Sinto a Academia, na inspiração primeira, lugar ao sol, ar puro, movimento, cordialidade, um pouco de platonismo, um pouco de epicurismo, a unânime simpatia das criaturas e das coisas. Acadêmico para mim é estudante. Guarda, na carne e no espírito, a juventude. Homem de esperança, homem de fé. Caridoso no sentido de solidário. Anda com igual prazer na estrada que leva à aldeia e na rua que leva, em Florença, à casa de Boccaccio, e, em Sabará, à casa do Aleijadinho. Homem capaz de recitar um soneto de Camões e de cantar um samba de Ary Barroso. Homem que adorou Eleonora Duse e adora Edith Piaf. Isadora Duncan dançou para ele, e ele foi feliz, tal qual é feliz quando as *girls* dos *shows* dançam para ele. Prefere a um discurso de Rui Barbosa uma crônica de Elsie Lessa. Sincero. Afastado de qualquer sisudez. Não usa preconceitos. Para, encantado, em frente da *Primavera* de Botticelli, e de uma rua de Paris pintada por Utrillo. Admira a Vênus Calipígia e os bonecos de barro das feiras da Bahia e do Recife, Notre Dame e o Ministério da Educação, Chopin e Villa-Lobos, Renan e Graciliano Ramos. Gosta de "patê de *foie gras*" e de frigideira de siri, de vinho de Burgonha e de batida de maracujá. Se o convidassem, na mesma noite, para ir a uma tragédia de Corneille e a uma comédia de Silveira Sampaio, iria, correndo, à comédia de Silveira Sampaio. Pobre ou rico, pode declarar, antes do testamento, a nua propriedade do sorriso espontâneo, do aperto de mão amistoso, da conversa envolvente.

O VERBO DA VIDA...

O verbo da vida é andar. Nunca pensei em sair desta primeira conjugação. Na terra, na água, no ar, no devaneio. O Judeu Errante continua sendo o meu companheiro. Pero Vaz de Caminha sempre foi o meu mestre. Ouço em longas conversas Antoine de Saint-Exupéry. Na sombra dos poetas e dos músicos viajo pelos continentes, pelas ilhas, pelas nuvens. Levo o Brasil junto de mim. Cada povo que conheço me mostra que o povo mais inteligente nasceu aqui. Dá alegria ter irmãos assim, nas secas e nas enchentes. Muitos da família não sabem ler, mas numa língua errada, dizem tudo direito. Povo da ideia clara, do comentário ardente, da sentença definitiva. Sofre, esquece. Não pensa em desespero. Sente com calma. As exceções não atrapalham. Um pouco de paciência, um pouco de arrebatamento, alguma melancolia, bastante bondade, eis a receita que, bem dosada e bem agitada, ajuda a crescer e a se multiplicar uma raça de homens espertos e de mulheres lindas. A crença maior da nossa gente, aprendida sem que ninguém lhe ensinasse, é que não há culpados, há infelizes.

GENTE DE TEATRO...

Gente de teatro, porque cresce e se multiplica em muita gente, sabe tirar a média geral. Para mim, o que ela faz, o que ela diz, é sempre coisa definitiva.

Sophie Desmarets dorme treze horas por dia e adora a vida. Não é magra, não é gorda, é bonita. Parte da cama para o palco, arranja excelentes intervalos, contagia de prazer as companheiras das outras representações. Ensina a procurar o ritmo, a envolver-se nele.

– Tenham tranquilidade, terão beleza. Sentimentos simpáticos, ideias serenas valem mais que todas as loções, todos os cremes, todas as ginásticas, todos os regimes. Comam, bebam, até fumem. Amem o lugar onde estiverem, na cidade, no campo, na montanha, no mar, no frio, no calor. Passeiem a pé. Dancem. Ouçam música. Leiam poesia. Conversem. E sono, ah! Não queiram ser mais felizes. Felicidade não tem mais. Eu, (pois estou me dando, desculpem, por exemplo) gosto do teatro, sinto-me feita para ele. Vejo, entretanto, que há artistas que devo admirar e admiro, as chegadas antes, e as que estão chegando. Penso bem delas. Elas pensam bem de mim. As mesmas palmas nos aplaudem. Nenhuma de vocês entristeça porque não possui a cintura de Brigitte Bardot, os seios de Gina Lolobrígida, as pernas de Colette Marchand, o andar de Marylin Monroe. Procurem ser vocês mesmas, e agradeçam ter nascido assim. Dentro da moda, usem o vestido que lhes assenta, sem pena de não poder usar esta linha ou aquela: há sempre a linha pessoal. Digam "não" aos pequenos indícios de falta de sorte. Passem longe dos aborrecimentos. Lembrem-se da canção! "É preciso receber tudo com um sorriso... o sorriso que diz: – Bom dia, alegria."

Conselhos ótimos para as mulheres e, vamos concordar: ótimos conselhos para os homens. Principalmente na parte do sono. Dormir e sair de cena...

NÃO ME DEITO...

Não me deito na véspera. Sigo para o sono de madrugada. Entro pelo meu dia dormindo, e isso é bom. Paro na cama oito horas mais ou menos. Levanto-me alegre, sem a sensação de continuar. Começo. Se há água, o chuveiro, bem quente, traz a primeira novidade. Se não há água independente, a água de colônia, com uma luva de crina, executa o "em-vez-de". Então, tomo o meu ovo, o meu leite, o meu café, acendo um pequeno charuto, parto para as Índias. Aí é que os acasos principiam. Ia ler a *Imitação de Cristo* de Tomás de Kempis, leio o *Diário do ladrão* de Jean Genet. Ia ouvir Rubinstein, ouço a Patachou. Ia olhar Rembrandt, olho Modigliani. Troco o poema nascendo por uma crônica inesperada. Aprendi a ser um homem sem premeditação. De propósito só faço duas coisas: vou ao cinema todas as tardes e não atendo ao telefone nunca. Fujo, entretanto, das ideias fixas. A vida é a que estou vivendo no momento. Tenho, às vezes, vontade de ficar velho, para saber como será. O resto é complexo B...

O TEATRO...

O teatro não é um lugar: é o mundo. As alas se abrem para o teatro passar. A carreta que ia pelos caminhos, conduzindo os trágicos e os cômicos, apenas descobriu rumos diferentes. Ainda há pouco, Federico García Lorca levava a *Barraca*, sobre quatro rodas, às cidades e aldeias da Espanha. Carlitos parece chegar sempre da estrada, sozinho, os sapatos cobertos de pó, os olhos com sombras de árvores; debaixo do chapéu-melão, no colete e no fraque, pássaros e flores do campo; um junco da beira-d'água tornado bengalinha; na boca, as marcas de quem sente que perdeu a paz. Mesquitinha, que muito andou, morreu dentro de um automóvel. Foi a sua última graça. O pobre João Ninguém dos estribos dos bondes, dos trens apertados, tomou um táxi para partir da vida. Veio de Portugal. Fez no Brasil as "praças" do seu destino. Bem nosso, dos brasileiros, dos portugueses, dos irmãos da humanidade. Chamava-se Olímpio Bastos. Chamou-se Mesquitinha. Daí surgiu o humorista sem querer, o funcionário da miséria, o homem do protesto amedrontado, a seguir uma vaga esperança: – Um dia, talvez, as coisas melhorem. – A gente dava gargalhadas, a gente batia palmas, e no meio da gente, os mais entusiasmados eram os donos da fartura, que nunca tinham rido tanto e exclamavam: – Impagável! Impagável!

27 JANEIRO 1958

27 **janeiro 1958** – há vinte e sete anos Graça Aranha deixou de estar presente aqui, com aqueles olhos que iluminavam tudo, aquele sorriso de encantada saudação aos espetáculos do Brasil e do mundo. Que amor à vida! Tinha sempre rosas e amigos em casa. Era o mestre discípulo, falando e escutando. Trazia a fascinação do tempo em que acompanhara Joaquim Nabuco, pela França, pela Inglaterra, pela Itália. Assistira aos primeiros dramas de Ibsen. As belas mulheres do começo do século haviam parado um instante para acenar ao moço que parecia, em roupas modernas, chegado de Atenas ou de Alexandria. Lembrava-se das manhãs do Arno, e das tardes do Sena. Patrício onde estivesse, em São Luís do Maranhão, na Floresta Negra, nos palácios romanos, nos teatros, nos banquetes, entre as tulipas da Holanda, junto dos ciganos de Budapeste. Amigo de Rodin. Contemporâneo dos bailados russos. Sábio. Inocente. Expunha os mistérios mais escondidos. Extasiava-se vendo o Zeppelin passar sobre o Pão de Açúcar. Um pássaro o comovia. E era capaz de dizer toda a *Divina comédia*. Companheiro. O companheiro sem fim...

PASSEI A TARDE...

*P*assei a tarde com Carlos Drummond de Andrade. Ele me levou a muito espaço e a muito tempo. As suas palavras na minha voz ficaram falando de terras queridas, de gentes amadas, e de nós também, amigos, amigos de antes da amizade, noutras montanhas, noutras planícies, entre os lírios do vale e as nuvens do céu.

Querer bem dá nome próprio. Sobrenome tira o carinho.
– Carlos!
– Álvaro!
Sem Drummond sem de Andrade sem Moreyra.

AS CRIANÇAS DOS APARTAMENTOS...

As crianças dos apartamentos vivem em plena ditadura nas gavetas que formam os edifícios. Gavetas bonitas, bem arrumadas, ótimas para os grandes. Para os pequenos, são lojas de proibições no espaço. O céu é lá em cima, a terra é lá embaixo. Quando as meninas e os meninos dos apartamentos vão às praias, que festa! Justamente porque possui tantas praias, o Rio se esqueceu dos jardins que plantou no tempo das casas com quintais, das chácaras da Tijuca, do Andaraí, de São Cristóvão, do Flamengo, das Laranjeiras, de Botafogo, da Gávea. O Leme era um deserto fora da barra. Copacabana dava cajus. Ipanema dava peixes. Leblon perdia-se no horizonte. Pelos Arcos vinha água do Corcovado para a cidade. O chafariz da Carioca e outros menores, na rua de Matacavalos, na rua de Mataporcos, na rua dos Borbonos, na Lapa, na Glória, refrigeravam o ar. A Quinta da Boa Vista, lá longe, o Campo de Sant'Ana, o Largo do Rocio, o Passeio Público, com grades, botavam ilhas entre as calçadas. E ninguém nunca morreu debaixo de carros grandes e pequenos que os cavalos sem vapor, as mulas, os bois, puxavam sobre as pedras e os barrancos. As nossas avós e os nossos avôs cresceram soltos, no meio das árvores, escutando o canto dos galos, olhando o voo das cambaxirras e dos tico-ticos. E podiam cantar:

"Ciranda, cirandinha,
   vamos todos cirandar..."

CADA UM CARREGA O SEU DESERTO

A ETERNA ANEDOTA

Em algum lugar do mundo.

A hora é antiga. O dia se desfez na tarde. A tarde se desfaz na noite. Sim. Do lado de cá a noite chega. Do lado de lá, também. O rio passa no meio.

Sobre o rio alonga-se uma ponte. Uma mulher está do lado de lá. Um homem está do lado de cá. Parece que ela não sente nada. Parece que ele não pensa nada. Nenhum ar de esperança. Nenhuma ideia de desejo. Nela e nele, a mesma serenidade, o mesmo alheamento.

De repente, ela vem para cá. De repente, ele vai para lá.

Como uma mulher vem por uma ponte. Como um homem vai por uma ponte. Sem destino. Porque a noite que chega é uma noite bonita.

Encontram-se. Espantam-se. Param, – a sombra que envolve a mulher, envolve o homem. Uma fascinação igual os aproxima. Mais perto. Mais perto. Os olhos da mulher, que lindos! Que encantados, os olhos do homem! Últimos passos, que já nem são passos. Estendem as mãos. Puxam-se. Caem nos braços um do outro. Olhos nos olhos. Boca na boca. Tontura. Embriaguez.

A noite chegou. O rio anda agora com cuidado, para não apagar as estrelas que se acendem na ponta da água.

A mulher enfim pode dizer:
– Como sou feliz!
O homem repete, em êxtase:
– Como eu sou feliz!
(Dois desgraçados...)

AMPARO

*T*odos os anos contam com um bicho que os protege em geral, e recebem a ajuda de bichos particulares desde janeiro até dezembro. O bicho de 1957 é a girafa. Na cabala a girafa simboliza: "Quem vê do alto vê longe." Vamos esticar os pescoços, e seguir como já devíamos ter seguido desde o começo do caminho conforme o mês da nossa chegada, à sombra do nosso bicho. Para os de janeiro, camelo; fevereiro, tartaruga; março, foca; abril, urso; maio, pomba; junho, esquilo; julho, gato; agosto, cavalo; setembro, elefante; outubro, cegonha; novembro, águia; dezembro, cavalo-marinho. Morando principalmente em pedaços de edifícios, o melhor é não querer tais bichos ao natural, a domicílio. Há girafas pintadas e esculpidas. Escolher uma. E, como para cada mês existe a pedra da sorte pessoal, mandar gravar a imagem do amigo num anel, neste segmento da folhinha ou do almanaque: 1 – ametista; 2 – jaspe; 3 – crisólita; 4 – calcedônia; 5 – esmeralda; 6 – água-marinha; 7 – topázio; 8 – rubi; 9 – berilo; 10 – coral; 11 – sardônix; 12 – jacinto. Único meio de opor a felicidade aos maus fluidos. E, não esquecer que Vênus é o planeta-guia desse 1957. Nada de ódio! Amor! Muito amor! Todo o amor!

ILUSÃO

Era uma vez um homem que amava as flores. Foi morar num jardim.

Não se lembrava de nada, de ninguém. Vivia entre rosas, narcisos, magnólias, amores-perfeitos. Fez do jardim o mundo bom.

Outros homens, um dia, entraram ali, destruíram os canteiros, arrancaram as plantas, fugiram, rindo. O jardineiro não viu. Trazia nos olhos e no pensamento a doçura da ilusão. Para ele o jardim continuou igual.

Os outros homens voltaram, com pedras nas mãos. Quiseram matar o homem. As pedras transformavam-se em flores, no ar. E o homem sorria. Imaginava que as rosas, os narcisos, as magnólias, os amores-perfeitos tinham criado asas e iam levá-lo para o céu...

A FILOSOFIA...

A filosofia que os Gregos nos deixaram (quando digo Gregos, penso nos de Atenas) continua viva, – natural. Com tantas invasões, tantas misturas, ela continua no mesmo clima, descendo daqueles montes, subindo daquelas ondas. As ruínas de Atenas só são ruínas para os turistas. Renan viu a Acrópole intacta; sentiu bem, ali, que os atenienses guardaram no espírito "a verdadeira alegria, a eterna jovialidade, a divina infância do coração".

Homero anda ainda pelas estradas, contando ao povo a primeira e a última guerra com poesia: – a guerra de Troia, – e as aventuras de Ulisses. Nas aventuras de Ulisses a gente aprende a não temer as coisas misteriosas, a acreditar na esperança e a pôr em qualquer instante do nosso itinerário um pouco de espanto e todo o bom humor. O verso "Feliz de quem como Ulisses fez uma bela viagem" resume, apesar de célebre, a ciência e a arte da vida.

Mesmo tendo se mostrado a segunda em Florença, irmã no nome e no destino, de Atenas, marcaram bem as expressões de dois mundos a viagem de Homero com Ulisses na *Odisseia*, e a viagem de Dante com Virgílio na *A divina comédia*.

O Grego, levado pelo seu poeta, não saiu da realidade que os cenários lhe deram. Os outros, em busca do Paraíso, passaram pelo Inferno e pelo Purgatório, fantasias pessimistas.

A pureza do espectador em Atenas via nas tragédias coisas que iam ser depois. No momento ele se divertia, até com as cenas mais trágicas. Quando Medeia mata os filhos, Ilya, descendente das mulheres infinitas, disse para o americano excitado, comovido: – Você não entende nada disto. Medeia não matou os filhos, olhe como eles estão agradecendo os aplausos. Depois, vão todos para a praia.

Florença... À névoa rosada que, no começo do dia, surge do rio – se estende sobre a cidade, só as torres resistem; mas, de repente, o sol, como uma grande mão luminosa, substitui a névoa pelo ar onde se unem todas as cores do céu e da terra. Tinha que partir de Florença a volta à primavera do mundo. E foi perto dali, dois séculos antes, foi em Assis, o primeiro clarão da Renascença: o *Cântico do Sol* de São Francisco de Assis, ateniense de Nosso Senhor.

O INTRUSO

*E*m Londres há muitos clubes e muitos fantasmas.

Um fantasma de Londres manifestou-se num clube de Londres, pontual, à meia-noite. Escolheu poltrona, pediu Porto, cigarros, jornais, ficou lendo, fumando, bebendo.

Os sócios levantaram-se, partiram corteses, mas assustados.

Na meia-noite seguinte e em mais uma, a mesma manifestação se produziu.

Os sócios não iam ao clube a não ser durante o dia.

À meia-noite, que seria a quarta, o fantasma compareceu, sentou-se, fez sinal ao mordomo, única pessoa presente, pois os garçons também não suportavam a presença daquele ente pálido e triste.

O mordomo já se dirigia para ele, e, antes de ouvir o pedido de sempre: Porto, cigarros, jornais, depois de curvar-se, perguntou:

— Por favor, o senhor é sócio deste clube?

O fantasma estremeceu, corou, sumiu. Nunca mais pôs os pés lá.

Cada vida é um clube. Cada vivente é um mordomo. Cada aborrecimento é um fantasma. Quando surgir algum aborrecimento, o mordomo não lhe dê tempo de abrir a boca, indague logo:

— O senhor é sócio deste clube? Não é? Então...

E aponte-lhe a porta da rua.

NÃO ME LEMBRO...

Não me lembro quem verificou: "Para certas pessoas, raciocinar é cometer um pecado." Pecado não incluído, graças a Deus, na lista oficial dos que condenam a penas vitalícias ou interinas os pecadores. As pessoas que o evitam continuam obedecendo ao que o Senhor disse, quando despediu do Paraíso, os primeiros latifundiários e deu início à reforma agrária: "Crescei e multiplicai-vos; enchei a Terra." Essas pessoas não admitem pensamentos além dos que lhes vieram de trás e as tocaram para diante. Um professor de psiquiatria pode diagnosticar: "Complexo de peru". Não saem da roda; soltam gritos ao menor ruído lógico; querem dar bicadas até nas sombras da meditação; ciscam em torno no quintal, crentes de que voam perto do Sol e "abrem as asas sobre nós"...

Humildemente, eu gostaria de pedir a essas pessoas, tantas tão simpáticas, um pequeno intervalo para olhar, escutar, sarar. Que percebessem, aprendessem, se surpreendessem!

Alegria! Esperança! Compensação! A falta de água é um convite à praia. A vida cara ajuda a vida longa. A luz apagada revela, durante os minutos no escuro, como antigamente a noite era menos agradável.

Paciência! Delicadeza! Fraternidade! Reparem: as flores nascem todos os dias. Recebam no vento o cheiro puro que veio dos jardins por onde ele passou. Deem bom-dia, de manhã cedo, a Joaquim Nabuco, que foi um homem harmonioso.

Por que supor que os nossos erros são certos em nós, e errados nos vizinhos? Por que explodir: – "Está tudo perdido!"? Está tudo achado.

Então não é verdade que "nada se perde e nada se cria, tudo se transforma"? O que é preciso é estilizar. Minha avó Maria da Glória reunia sobras do almoço dos domingos e organizava um prato novo, com o nome de "Engrolada". Prato gostosíssimo. Melhor que "Roupa-velha", e, sobretudo, muito mais dialético...

Por muito que a maldade se esforce em destruir, sempre restam as belas ruínas. A Grécia antiga continua lá nas pedras da Acrópole, e cada vez mais azuis lá continuam aquele mesmo céu, aquele mesmo mar.

Tudo é eterno.

Há sempre uma andorinha que traz de novo a Primavera.

ALEXANDRE DUMAS

*A*lexandre Dumas, autor de *Os três mosqueteiros, O conde de Monte Cristo, O colar da rainha*, e de outras obras célebres, – inclusive Alexandre Dumas Filho, que imortalizou "A Dama das Camélias", – o velho Dumas, numeroso e simpático, escreveu estes conselhos a um amigo, lá pela metade do século XIX:

"Caminha duas horas por dia. – Dorme sete horas por noite. – Deita-te só quando estiveres com vontade de dormir. – Levanta-te logo que acordares. – Trabalha logo que te levantares. – Não fales senão quando for preciso, e dize apenas a metade do que pensas. – Escreve unicamente o que podes assinar. – Não te esqueças de que os outros contam contigo e de que tu não deves contar com os outros. – Não aprecies nem deprecies o dinheiro; dá-lhe o seu justo valor. O dinheiro é um bom servo, mas um mau amo."

E o melhor é que o amável aconselhador não seguiu nenhum desses conselhos. Morreu com 67 anos.

Mas não custa repeti-los. Andamos muito esquecidos da memória... Será culpa do cérebro eletrônico? Não vamos esquecer de nos lembrar. Lembrar que todos os dias são dias de vida nova. O ano bom não começa apenas em 1º de janeiro, está sempre começando. Cada noite leva cada ontem. Cada manhã traz cada hoje – sempre. Recordações ruins, que o sono as leve. Desejos felizes nos acordem. Cara de bom humor é cara bonita. Cara de mau humor é cara feia. Se o dia é de sol, viva o dia! Se o dia é de chuva, viva a chuva! A questão é não contrariar.

Vamos ser colecionadores também sem prejudicar as outras coleções, de ideias amigas, atitudes cordiais, coisas de entendimento, indulgência, solidariedade, calma, paz.

SENTADO NO TERRAÇO...

Sentado no terraço do apartamento, diante da Praia do Russel, Graça Aranha olhava a tarde. O vento, que vinha da entrada da barra sobre a água, lhe envolvia o corpo imóvel
  Não me viu chegar. Fiquei muito tempo a sentir o seu silêncio e a sua solidão. Ele estava ali e estava longe. Parecia um deus.
  A noite desceu.
  Não sei por que, acendi a luz.
  Graça Aranha voltou-se:
  – Oh! Álvaro!
  – Estou aqui há quase uma hora. Graça, você parecia um deus, belo e triste, entre a terra e o céu. Alguma força misteriosa o retinha. Alguma força misteriosa o chamava.
  Fixou-me espantado:
  – Nunca lhe contei isso?
  – Isso o quê?
  – Em Roma, de madrugada, encontrei Joaquim Nabuco, junto de uma fonte, ouvindo a água que jorrava cheia de luar. Quando me viu, também depois de quase uma hora, exclamei:
  – O senhor parecia um deus. Eu, mais ou menos, disse-lhe as mesmas palavras que você acabou de me dizer.
  – É a primeira vez que escuto você contar "isso".

– Sim... sim... Eu tinha esquecido. Lembro-me, só agora, depois de tantos anos, daquela madrugada e do meu deslumbramento pela figura de Joaquim Nabuco, que me pareceu a de um deus belo e triste!

– Foi Joaquim Nabuco então que me mandou repetir a você as suas palavras no instante em que você dava a mim o deslumbramento que ele lhe deu...

– E se fosse?...

– Fosse, não! – Foi. Bem sabe quanto amo Joaquim Nabuco. Ele há de gostar um pouco de mim. Talvez tenha entrado aqui comigo...

Nessa noite Graça Aranha morreu.

ESTA CASA...

Esta casa tem o jeito de quem envelheceu feliz. Toda rosada. A primeira luz do dia vem para ela, conserva-a igual desde que a encontrou aqui. Apenas o telhado está escuro, ao contrário das cabeças que o tempo torna brancas. Também as portas e as janelas são azuis, decerto em agradecimento ao céu: – o céu só se vê lá em cima; a cerca sempre subindo, não deixa aparecer horizonte. Assim não se pensa noutras distâncias, e a distância do céu nunca é longe.

Hoje, não podes reclamar: falo bastante. Às vezes, não falar é dizer muito. Falar é repetir. As palavras não mudam. O silêncio guarda sentidos maiores: gosto, sorriso, lágrima, olhar, beijo.

Vinho bom! Os cálices fazem festa conosco. Sinto saudade de Sylvestre Bonnard. O vinho que ele bebeu, na noite em que a Fada lhe surgiu, era de grande raça. O nosso é de raça pequena; mas, mesmo no vinho, para botar tamanho, é a imaginação que ajuda.

Doce companhia do jantar de nós dois! Casa querida, sem gaiola e sem aquário! O grilo entrou porque a lareira esquenta mais que o luar. No vaso comprido a rosa bem sabe que na roseira não viveria tanto; irá triste como veio alegre, como as irmãs que continuarão vindo e indo; a que chega traz a lembrança da que parte; todas formam a eternidade das rosas. Livros. Discos. O Carlitos de Goeldi. Os teus cigarros. As minhas trinitrinas. E viva Deus!

CADA UM CARREGA
O SEU DESERTO

*F*ui sempre de boa companhia. Ou na imaginação, ou na ingenuidade de crer que estou na vida imensa, e a vida imensa está em mim. Acordo. A minha primeira fala é com Deus: – Obrigado, Senhor; vais me dar mais um dia. Peço-te ainda, como te pedia o teu santo bem querido: deixa que eu seja um instrumento da tua paz: aonde haja ódio, que eu leve amor. – Assim, decerto, cantam os pássaros, as fontes também, as outras criaturas, todas as coisas, na terra, na água, no ar.

Este livro é de ternura pelos que têm voz, mas se esqueceram das palavras.

É a solidão que espalha nas grandes cidades a gente mais marcada. A maior família humana. Vai se substituindo e continua igual. Existe um senhor dando migalhas de pão aos pássaros em todos os jardins do mundo. Existe um casal de amantes andando em todas as noites do mundo. De manhã, quando o trabalho começa, as moças que descem dos trens, dos bondes, dos ônibus, já desceram ou irão descer de todos os trens, bondes, ônibus do mundo. A beata, de roupa preta, que volta da igreja, volta de todas as igrejas do mundo. O senhor que cisma sozinho aqui, cisma sozinho em Nova Iorque, em Madagascar, nas Ilhas Aleutas, nos Montes Urais, por aí além. O menino do amendoim torrado de

Copacabana é o menino das cerejas em qualquer bairro de Tóquio. E há os parados à beira dos cais, os que caminham de cabeça baixa, um velho diante de uma loja de brinquedos, os namorados do horizonte, a baiana das cocadas e dos acarajés, irmã das brancas que assam castanhas e fritam batatas nas ruas de ar diferente; os mendigos, o Exército da Salvação. Às vezes, parecem acompanhados. Estão sempre, na verdade, sem ninguém. Cada um carrega o seu deserto.

AFORISMOS

PENSAMENTOS AFORISMÁTICOS
E ALGUMA CONFISSÃO

Não há tempo. Não há espaço. Não há o que foi e o que é. As lembranças juntam bem tudo. O pássaro que pousa tem todos os voos nas penas...

#

Mais triste do que ter saudade é não ter do que ter saudade...

#

Ouço os passos de todos os caminhos por onde andei...

#

Bela época... Doçura de viver... Basta olhar com olhos bons... Só há na verdade, uma diferença: naquele tempo o adultério era por amor...

#

Em geral, os ouvintes sabem onde os oradores começam, não sabem onde eles vão terminar. Os oradores também.

#

Os discos não tocavam como antes. Veio um técnico:
"É a agulha."
"Que é que tem?"
"Precisa ser mudada."
"Mas disseram que essa agulha era eterna."
"E o senhor acredita na eternidade?"

#

A bondade é o sentido da alma...

#

As vitrinas das perfumarias cheiram bem nos olhos...

#

Canário, quando está na muda, fica pelado, com o ar bobo, não canta, quase nem se mexe. – Conheço muitos homens assim...

#

LIBERDADE – Palavra muito dita, muito escrita, muito transferida. Um pouco sem sentido em todas as línguas. Rima pobre...

#

Como é preciso ter paciência! E como custa evitar que os outros percebam a nossa paciência!...

#

A eternidade é a vida de cada um. E na vida de cada um, quantas eternidades!...

#

Volúpia... prazer do corpo que se alonga pelo espírito...

#

Se entendesses o meu amor, eu não te queria mais...

#

O desejo é o primeiro clarão da saudade.

#

O melhor, neste mundo não será esquecer? Que importa o que passou, depois que passou? Lembrar é repetir...

#

Apenas uma vez fixei os olhos de uma coruja. Baixei a cabeça para sempre. São os olhos do juízo final.

#

Agora só a paisagem dá a sensação de ficar. O resto carrega...

#

O que repetimos como definição é em geral suposição.

#

Quando a gente fala a verdade, dá sempre a impressão de que está brincando.

#

Vejo a fumaça subindo, lenta, com uma graça quase triste. A fumaça é um instante que se vai... Queimar perfumes é ainda a melhor filosofia... Pena é que restem as cinzas...

#

Somos sempre *outros* na face dos espelhos...

#

O que nos torna desgraçados é esta ansiedade de sermos mais felizes...

Há o determinismo. Há o livre arbítrio. Não há nada, e há tudo. A questão é não ter pressa.

#

O meu maior prazer é mudar de opinião. Com esse prazer vou evitando a velhice...

#

Julgar é profissão. Não gosto dela. Há muito tempo senti que ninguém é responsável. Nós todos somos consequências tristes.

#

Na verdade, não há sonho: há lembrança.

#

Não te apresses em alcançar o fim. Vai andando... vai andando... a estrada é que é boa...

#

As mulheres feias acham sempre as modas exageradas. Fazem muito bem.

#

Não há nada mais triste do que a mariposa...

#

O perfume da rosa volta em todas as rosas.

#

Para que olhar as caras feias, se há tantas caras bonitas?

#

O que se começa é sempre alegria.

#

Aprendi a amar a mim mesmo sobre todas as coisas...

\#

Amava a vida com melancolia. Até com desespero.

\#

Não nasci para chefe. Chefe manda. Eu peço. Peço que não me mandem.

\#

Católica muito praticante. Confessa-se todos os dias. Não consigo perceber como tem tempo para arranjar pecados!

\#

"Inocência" é a palavra mais bonita da nossa língua. "Você", a mais gostosa. "Umbigo", a mais engraçada.

\#

As minhas rosas se esqueceram de que tinham espinhos. As minhas abelhas se esqueceram de que tinham ferrões.

\#

Sou contra o equilíbrio. Acho que a gente deve cair para poder levantar-se...

\#

\#

Desejamos tanto... e tudo está em nós...

\#

É mais fácil esquecer um grande amor do que um número de telefone...

\#

Mesmo aos grandes desesperados sempre resta alguma esperança...

\#

Há os que se esquecem de lembrar, há os que se lembram de esquecer...

\#

Um assunto que interessa é o que faz o café esfriar...

\#

Viva devagar, como o voo de uma garça...

\#

Máquina, não. Gosto de acariciar as palavras com a pena.

\#

Nunca fiz um julgamento. Absolvi logo...

\#

A melhor prova de amizade que um homem pode dar a outro homem, quando precisa falar com ele, – é não falar.

\#

Nem os espelhos nos refletem iguais. Somos sempre outros nas faces dos espelhos.

\#

Uma criação inconveniente é a de fantasmas. Eles, depois, perseguem os criadores.

\#

Saudade de ser embalado. Insônia é isso.

\#

Depois que a gente se casa, é que vê como as outras mulheres são interessantes.

\#

Desejo sem esperança, o melhor dos desejos: o mais triste, mas o mais comum...

\#

A mania de querer explicação para tudo! É assim que se estraga o que há de mais interessante neste mundo...

\#

Continuei a preferir as histórias artificiais às outras histórias...

#

– Você não leva nada a sério.
– Levo a sério muitas coisas, meu amigo...
– Quais? Diga lá.
– Todas as que o senhor reúne nesta pobre palavra: *nada*. São muitas, acredite.

#

Pessimismo é blasfêmia. Deus, depois de criar o mundo, disse que tudo era bom.

#

A máscara que os vivos usam é a expressão do instinto. A máscara, afinal, cai, e então a alma vem sorrir no rosto dos mortos.

#

Os olhos fechados são espelhos que se recordam.

#

Uma cadeira de balanço tem o ritmo de um berço, o mesmo ritmo de um barco levado docemente pelo vento da noite que vem chegando...

#

Mentir é o prazer mais agradável das viagens...

\#

Não corras em busca da felicidade. Podes passar por ela e não a ver.

\#

É bom ficar doente, – para conhecer os bons.

\#

Saudade é esperança vista depois...

\#

No espelho somos muitos. Na memória, um só...

\#

O amor pelo passado diminui a idade.

\#

Deus te castiga! – é uma ameaça que se escuta desde pequeno, e é mentira. A verdade é que Deus perdoa. Se Deus não perdoasse, – meu Deus!

\#

A vida é um reflexo egoísta. A morte revela todas as certezas. A morte é pura: – a alma ficou sozinha.

\#

Florença... Com Florença traí Bruges... E para sempre!

\#

Pai... Quando um homem pobre trabalha muitos anos para um homem rico, o homem rico fica mais rico e diz para o homem pobre, que fica mais pobre: – Eu fui um pai para você.

\#

Há palavras que a gente diz e sente o gosto do que elas significam. Tâmara, por exemplo.

\#

Monsieur Bob'le deu um conselho talvez difícil de seguir: – Não riam, não chorem; respeitem o rosto.

\#

Leio no Talmud: – "Quem todos os dias visita os seus campos, todos os dias encontra uma moeda." – Os meus campos são esses livros...

\#

Essas olheiras por onde os olhos se prolongam...

\#

A maior prova de educação que uma pessoa pode dar é ouvir uma anedota conhecidíssima e dizer depois, às gargalhadas: – Muito boa!

\#

Somos todos iguais. A humanidade é uma só. Variam um pouco as aparências. E os estilos...

\#

Uma senhora me pediu, no outro sábado: – Fale-me com franqueza. – Eu falei. Ela ficou espantada.

\#

Testamento (passível de ser anulado): – Deixo a todos o desejo de tudo que não realizei...

\#

O que falta ao mar é a calma. Mas, mesmo nervoso, que grande mestre!

\#

Nós todos, um a um, quantos! Como somos! Como fomos! Em cada imagem nossa, que multidão!

\#

Os olhos das corujas condenam. Os olhos dos burros perdoam.

\#

Muitas pessoas enlouquecem por falta de imaginação, muitas por excesso de imaginação. As outras são indecisas.

\#

Hamlet. A loucura fingida. Mas, depois? A desconfiança de tudo, não era a loucura verdadeira? Ou foi a prova do grande juízo, do senso melhor? Um isolado. "Introvertido", como se diz, hoje, em certas casas de saúde. Pensava demais. Extinguiu nele qualquer sentimento. Fez da vida uma ideia fixa. Não se quis matar porque não acreditava que a morte desse a liberdade. Prisioneiro...

#

Cada um, na vida, vê apenas o "seu" caso. E acha que esse é que é o caso da vida...

#

Velhice – Um harém de cachimbos...

#

Amor tem que ser da alma. Esse nunca se cansa, e é sempre novo, cada vez mais novo. Possuir a alma é que é difícil.

#

Com alguns sorrisos feitos disfarcei todas as lágrimas...

#

A alma começa nas mãos. Essa carícia de um homem guardar entre as suas as mãos de uma mulher, nada nada tem de sensualidade. É toda de espírito. Vai muito além do contato. É lembrança acordando-se. É solidão desfazendo-se.

#

Este vaso chinês, tão antigo, está com as asas quebradas. Mas sempre cheio de flores. É isto, amigo!...

\#

Doente no hospital vira pronome: – "Ele" passou bem a noite? – Este cobertor é para "ele". – Vim dar uma injeção "nele".

\#

Escrever... mas escrever como Beethoven compunha: sentindo a eternidade...

\#

A beleza me dá sensações dolorosas. Entretanto, é o meu anestésico mais forte.

\#

Tenho reparado que as pessoas mais inimigas dos preconceitos são as mais cheias de preconceitos. Quando expõem os seus modos de ver, parecem umas; quando veem parecem outras...

\#

Oh! a necessidade de espectadores!... Que seria dos nossos grandes sentimentos, que seria de tudo que gozamos, de tudo que sofremos, se não tivéssemos quem nos assistisse?!... Somos os espectadores uns dos outros...

\#

A arte: uma nuance em êxtase... sombra... eco... evocação...

#

Quando tudo te parecer belo em volta de ti, não mudes mais o teu pensamento...

#

A felicidade não morre toda. A gente é sempre um pouco feliz da felicidade que teve...

#

Todos nós, nesta vida má, ou boa, temos um conto de fadas que realizar...

#

Todos os desejos, em formas dispersas, vêm ter a um só: o desejo de voltar. Queremos voltar sempre, sempre, sempre, até quando desejamos a morte... Voltar para o que fomos, para o que lembramos, para o que esquecemos...

#

A minha opinião sobre os admiradores é que eles são como certas pessoas que principiam usando óculos azuis, e terminam afirmando que têm olhos azuis...

#

Sinceridade é falta de educação...
#

Não te queixes das decepções. Toda decepção é o fim de um engano...

#

A ilusão, além do mais nos torna melhores do que os outros homens...

#

É um pássaro pousado, quieto, na ponta de um ramo. E de repente abre as asas, atira-se no espaço, voa. É outro pássaro.

CRÔNICAS AVULSAS
(PUBLICADAS EM
REVISTAS E JORNAIS)

BAILES

*B*aile grande não é bom. Ótimo é baile pequeno, também chamado de festinha, reunião entre pessoas conhecidas. Em geral as pessoas não se conhecem. Mas dançam. Eu não danço. Não danço por três motivos além de outros: primeiro, porque sou meio encabulado; segundo, porque desconfio que sofro do coração; terceiro, porque não sei dançar.

Prefiro ver, ouvir, no sábado, junto de uma janela, escutei isto:

— Você gosta mesmo de mim?
— Gosto.
— Muito?
— Muito.
— Jura!
— Juro.
— Então vamos casar?
— Com quem?

Era uma moça de olhos imensos ao lado de um rapaz de bigode cinematográfico. Ela, dentro de um vestido azul, longo, bonito. Ele, todo de branco, menos a gravata preta e os sapatos pretos: branco a rigor...

Na sala de jantar um cavalheiro sem cabelos perguntou à dona da casa, em segredo, mostrando com os beiços uma senhora encostada na mesa e que comia empadas enternecidamente:

– Quem é essa senhora que não fecha a boca?
– Mulher de um dentista. A boca aberta é admiração pelo marido.

De todas as artes, a vida ainda é a mais inteligente. Nem passadista nem modernista nem futurista... A vida apenas. A vida sempre. Qualquer baile em que eu entro, logo me recorda um que houve, há muitos anos, na Arca de Noé. Baile que devia pertencer aos argumentos em favor do divórcio.

Naquele transatlântico remoto, o comandante impunha o máximo respeito. Por ordem dele, os pares não podiam variar. Pares fixos. Casais indissolúveis. Cada um com a sua uma. Noé servia de exemplo: só dançava com madame Noé. De repente, a Light interrompeu a luz. Chi! Foi uma gritaria, foi uma correria! Na escuridão a arca gingava, tonta, sobre as águas. Meio minuto de trevas. A luz voltou. Oh! Quando a luz voltou, todos os animais tinham trocado de mulher...

1913-1963

Uma viagem "é", depois. Mais distante, mais presente. As imagens tornam-se pensamentos. Tudo surge em aparência infinita. As coisas chegadas pelos olhos voltam da alma.

O dia ainda demorará no Jardim de Luxemburgo. Terei luz para concluir a leitura do livro saído hoje, início de uma série do escritor há pouco revelado: Marcel Proust.

Hoje é dia 22 de novembro de 1913.

Vim do outro lado, na cerração fria. Mas encontrei o sol no meu banco, entre as crianças correndo, rindo, gritando.

Marcel Proust aumenta a vida de novas vidas. Dá companhia à solidão que essas correrias, esses risos, esses gritos poderiam, talvez, perturbar.

Antes que as lâmpadas se acendam, muito antes de ser preciso sair, termino o livro.

Conheci lugares, casas, pessoas diferentes... e tanto tempo, e agora... Nada fugidio.

Que bom! Amanhã faço vinte e cinco anos! Nunca hei de dizer como Marcel Proust: "Os verdadeiros paraísos são os paraísos perdidos.".

Graças a Deus acredito em tudo. Continuo tendo a mesma curiosidade e o espanto cada dia mais espantado.

Quando a história do mundo foi dividida em Tempos Primitivos, Antiguidade, Idade Média, Renascença, Tempos Modernos, também ficou dividida assim a história de cada criatura.

Os Tempos Primitivos são a Infância. Os Tempos Modernos são a Velhice.

O corpo transforma-se. O espírito não gosta de mudar. O resto é mistério. Não lhe peço explicações. Amo-o.

Que importa o mistério se a claridade dele ilumina o caminho que leva à Praia em Copacabana, à Bienal, em São Paulo, à Acrópolis, em Atenas?

Não há Paraíso Perdido. A primeira mulher e o primeiro homem trouxeram o rumo do primeiro jardim, quando encontraram a primeira estrada.

A estrada faz a vida: parte do Paraíso retorna ao Paraíso.

FIM DE SEMANA GOSTOSO

*S*éculo XX. Século magro. Não começou em 1901. Começou em 1918, no fim da Primeira Grande Guerra. Datam de então os tristes regimes, inclusive o dos alimentos terrestres. Um novo positivismo difundiu a fome por princípio, a perda de peso por base, a elegância por fim. A Humanidade em corpo de baile. Sílfides, Presságios, o Espectro da Rosa, a Tarde de um Fauno.

Mas, assim, a vida se prolonga. Privação dá melancolia, melancolia dá sonho, sonho dá *menus* maravilhosos. Dieta, jejum, que pecadores! Levam pelos tempos, pelos espaços, pelos apetites, a grandes almoços, grandes jantares, grandes ceias. Constroem a recompensa funcional. Operação gula.

A Rainha de Sabá nos convida a ir com ela à mesa comovente do Rei Baltazar. Rabelais prepara para nós o melhor dos seus banquetes.

Nós: Horácio, Bocácio, Erasmo, a rainha de Navarra, La Fontaine, Stendhal, o Papa Leão XIII, Colette...

Eça de Queirós manda servir na casa da Serra aquele arroz com favas, ainda hoje o grande arroz do mundo. Joaquim Nabuco idealiza mais uma festa em Roma, igual às que realizou tantas vezes, de pratos-obras-de-arte. Frank Harris chega e conta: – Bernard Shaw espantava-se de que houvesse conservado um aspecto tal de mocidade, sendo mais velho do que ele. Respondi: – Boas carnes, bons queijos, bons vinhos, eis o segredo. Você, com tanto legume e tanta água mineral, está cada vez mais pálido e esticado como uma vagem...

Depois, num iate, vamos todos esperar o sol no Lago Constança, ouvindo canções de Paris e não pensando que amanhã é outro dia...

QUANTO DEVEMOS AOS PORTUGUESES

Quanto devemos aos portugueses! Podíamos ter sido feitos em pedaços, desde que se espalhou no mundo a notícia do descobrimento desta terra. Quantos nos desejaram mais próximos e mais remotos. Com a ajuda dos portugueses os driblamos. Os portugueses, os primeiros, mantiveram os direitos adquiridos. Já eram da família. Algumas vezes, tentamos mandá-los embora. A lembrança de tantas revoltas para nos emanciparmos é uma gratidão a mais. Deram-nos a flor do Brasil na velha árvore humana. Um dia, Guerra Junqueiro, adivinho, diria liricamente:

"Vivendo tão livres e distantes, fraternizamos hoje como nunca. Na glória e no sonho, nos ais e nos beijos, no riso e na dor."

A história do Brasil começou em Portugal, e nunca nos importamos com ela. Como o amador célebre, desprezando a história, preferimos as anedotas. Entretanto, sabemos de cor aquela frase de Pero Vaz de Caminha: "A terra em tal maneira é graciosa que...". D. João VI tem boa imprensa aqui, D. Pedro I tem monumento, Camilo Castelo Branco é disputado nos leilões de livros, Eça de Queirós é definitivamente brasileiro. Na maioria das casas do Brasil há o retrato de um avô, de Portugal. Em cada memória há um verso de Camões ou de Antônio Nobre. O fado para os corações. O vinho verde dá inocência. Raros serão, por sangues aflitos, os brasileiros que não peçam, com o padre Soeiro:

"A paz de Deus para todos os homens, e para a terra formosa de Portugal, tão cheia de graça amorável, que sempre bendita seja esta terra."

TUDO É NOVO SOB O SOL...

Serenamente, Arlequim acabou a pequena xícara de café. Pediu a conta. Pôs-se a pensar que o pobre Eclesiaste não tinha razão... Tudo é novo sob o sol... Lá fora chovia. Arlequim olhava a gente que ía e vinha, contente, debaixo da água amável com que o céu de verão borrifava as ruas... Sentia-se feliz. Acendeu um cigarro, e a primeira fumaça foi uma delícia longa, que se sumiu no ar, e que ele acompanhou como se visse que lá ia, naquela nuvem meio cinzenta e meio azul, um pouco do seu próprio destino bem-aventurado... Lembrou-se de coisas tidas e perdidas. Um instante, em imaginação, vestiu o antigo traje simbólico, feito de vários pedaços de todas as cores... E logo o espelho ao lado da mesa mostrou-o dentro do terno de *palm beach*, em pleno século XX, depois da grande guerra na Europa e do Centenário da Independência no Brasil... Treze mil e duzentos o almoço... A vida está cada vez mais interessante... Arlequim saiu para o asfalto a reluzir, refrescado. Caminhou. Parou diante das vitrines. Continuou. Na Avenida, os cinemas retiniam. Jack Holt, Mary Miles Minter, Constance Talmadge, Shirley Mason... Paramount, Fox, Realart, First National... A França deu de presente o Petit Trianon da Exposição à nossa Academia de Letras... – Boa tarde! – Oh! – Que belas porcelanas de Copenhague! – E as sedas que chegaram de Paris!... Parou a chuva. Sol. Mulheres, automóveis. Uma exposição de quadros. Bondes, carros de mão, muitos rapazes. – Você já leu a *Pauliceia desvairada*, de Mário de Andrade? Arlequim pensou ainda que, na verdade, tudo é novo sob o sol... E estremeceu. Colombina vinha pela calçada; Colombina, de vestido leve, em cima da carne branca; boneca do *Ba-ta-clan* dançando a dança do lindo andar... Pobre Eclesiaste! Houve algum dia outra Colombina assim?... Os lança-perfumes sorriam, na claridade úmida, anunciando o Carnaval... Colombina passou por eles e eles sorriram mais... – De onde vens, para onde vais? – Venho da manicure e vou tomar um sorvete... – Então, vamos... – Então, vamos... Pobre Eclesiaste! Pobre Pierrot!...

O BOM REI JOÃO

Quando Portugal ajudou a Inglaterra no mar, para aborrecer Napoleão, apenas general em 1795, o futuro exilado de Santa Helena pôs esta ameaça numa ordem do dia: "Tempo há de vir em que Portugal pagará com lágrimas de sangue o ultraje feito à República Francesa." Depois, como se sabe, Napoleão fez um ultraje maior à República Francesa: transformou-a em Império, com ele de imperador; e não se esqueceu daquela ordem do dia: Portugal foi invadido pelas tropas de "Sua Majestade". Ignoro qual seria aí o homem do destino: Napoleão, já Primeiro, ou João, ainda sem número. Desconfio que seria João, coitado, aflito entre os gritos da mãe tantã: O Inferno, meu Deus, o Inferno!", e os empurrões da mulher, inimiga de nascença, que só pensava no Paraíso. A verdade é que temos que agradecer a Napoleão. Se Napoleão não mandasse os soldados que mandou contra Lisboa, não ostentaríamos uma Corte, não chegaríamos ao estado de Reino, não possuiríamos dois imperadores para as citações. A Colônia, esvaindo-se, ficaria República aos pedaços. Mudanças intempestivas. Bom foi acontecer conforme aconteceu. Os fidalgos que acompanharam o filho tristonho de D. Maria, esposo infeliz de D. Carlota Joaquina, trouxeram, apesar do desprezo com que nos olhavam, ou por isso mesmo, um divertimento à cidade da época. E o soberano, dentro da "astúcia saloia", onde o descobriu Oliveira Martins, não quis que a estadia aqui parecesse unicamente um refúgio. As exigências materiais e intelectuais de uma capital monárquica lhe mereceram cuidados, entregues à medida do entendimento dos ministros.

Ao declarar guerra à França, João avisava: "A Corte de Portugal levantará a voz do seio do novo Império que vai criar". E tomou a Guiana Francesa. De lá nos vieram as mangas, o abacate, a fruta-pão, a noz-moscada, o cravo--da-índia, a cana-caiana, a bela palmeira. Mais resultados que se seguiram: o franqueamento dos portos do Brasil ao comércio do mundo; a licença aos nossos navios de irem a países estrangeiros; o livre exercício de qualquer indústria; o fomento agrícola; a Imprensa; a Escola Anatômico-Cirúrgica e Médica; um laboratório químico; um instituto vacínico; a Escola de Belas-Artes; a Academia de Marinha e Ciências; a Biblioteca, cheia das preciosidades da livraria real e dos tesouros de Diogo Barbosa Machado; o Jardim Botânico... A cidade ganhou calçamento e iluminação, cresceu.

Amemos o homem que amou a nossa terra e a nossa gente com o possível amor de um coração espavorido e de um espírito atormentado. Ele apressou a independência do Brasil. Se não fossem os mosquitos, eu iria, mais do que vou, cumprimentar, no Jardim Botânico, a palmeira de D. João VI. De um homem sempre resta uma árvore, e quando a árvore é uma palmeira, dá prazer em recordar o homem. Baixo, grosso por fora, – no interior da miséria física, o pai de D. Pedro e D. Miguel era assim: esguio, atirado para o céu. A palmeira do Jardim Botânico é o monumento de D. João VI.

MÃOS POSTAS

*T*odas as manhãs, todas as tardes, aquele homem era certo ali, na pequena sala do museu, ao lado da catedral. Havia de ser muito velho. Tinha os cabelos brancos, longos, caídos em ondas; a cabeça, vista de frente, parecia adormecida sobre eles, como sobre uma almofada de seda.

Eu o encontrava sempre no mesmo lugar, diante da parede do fundo, a olhar para uma tela azul, cor de céu noturno, onde duas mãos postas, mãos serenas de mulher, serenamente apareciam.

O homem não tirava os olhos dessa tela e, às vezes, os seus braços desalentados faziam um esforço, tentando erguer-se até ela. Mas tombavam logo. O homem ficava a olhar deserto, perdido, nas sombras de um grande sonho sem aurora.

Mãos postas eram a obra-prima do museu. A princípio, julguei aquele homem um antigo amoroso de coisas belas, a quem a pintura ideal das duas mãos em súplica de tal maneira prendesse que, olvidado, estático, não achasse encanto senão em vê-las.

Ou talvez fosse, pensei depois, um devoto das mãos, um desses entes místicos e sensuais, cujo maior prazer da alma e do corpo é a carícia enlanguescida que as mãos têm, elas que abençoam na infância, coroam de rosas na mocidade, e são, na velhice, uma graça dolente, acenando ainda do passado...

Vim a saber, afinal, que aquele homem era o autor do quadro. Enlouquecera, ia já em muitos anos. Deitara fogo à casa.

Nas cinzas do *atelier*, por milagre, encontrou-se intacta a tela azul.

O tempo tinha andado. O doido furioso tornara-se um triste velho sem memória. E todas as manhãs, todas as tardes, vinha para ali, para a pequena sala do museu, ao lado da catedral, e quedava a olhar, inconsciente, a sua obra mais pura, a mais perfeita.

E era tudo que lhe restava da vida: duas mãos postas...

A VIDA É ASSIM

A casa ficava na rua Salvador de Sá ou Frei Caneca. Dois andares e um sótão. Mais de meia-noite. Frio. O silêncio pegara no sono, estirado entre os prédios, de um lado a outro. Lá em cima, no espaço, a hora morta parecia envolta num cobertor de névoa. E foi por ali que o balão veio bailando, cor de plaqué, como um ponto de admiração gordo. Ao chegar sobre a casa, parou, caiu. Devagar, primeiro. A toda pressa, depois.

Enquanto caía, um homem surgiu na calçada, correndo. Quase sem fôlego. Ansiava. Com a cabeça para o ar, agarrou-se às pedras da fachada, começou a subir. Chegou ao telhado no instante em que o balão chegava também. Ia apanhá-lo. A janela do sótão abriu-se de repente. Quem o apanhou foi uma mulher com cara de coruja.

– É meu! – arquejou o homem.
– É meu! – disse a mulher.
– Eu andei atrás dele desde São Cristóvão.

A mulher sacudiu os ombros, bateu a janela. O homem pôs os olhos na solidão. Viu, embaixo, as portas fechadas. Talvez pensasse em morrer. Decidiu descer por onde tinha subido. Desceu, lento, assustado. Voltou a pé para São Cristóvão de mãos vazias.

A vida é assim... Correr, fazer força, lutar... para quê? O balão que a gente quer, são sempre os outros que o apanham...

PALAVRAS

Contaram que eu viria saudar-vos, senhor General Setembrino de Carvalho, em nome do Rio Grande do Sul.

A glória era exagerada para mim. Não tive confiança nela. Quando procurei na memória as palavras da terra longínqua, para trazê-las esta noite aqui, descobri apenas palavras minhas. Vozes ilustres disseram o vosso elogio. Deu-vos o povo o mais nobre dos títulos. Sois o Pacificador. Que destino tão belo para um homem dos nossos "pagos" e que é um soldado!

Evoco as paisagens natais longas, onduladas, dolentes de uma vaga melancolia que os umbus tornam quase humana e as sangas fazem chorar. Evoco-as à claridade das manhãs do pampa; e sob o sol que espantou os nossos olhos, a primeira vez em que viram o mundo; e ao chegar das sombras, quando o céu, de todas as cores, parece irreal na sua fascinação; e pelas noites, depois do inverno, com o luar de maravilha envolvendo tudo ao jeito de um poncho de pala imenso, esfarrapado de estrelas.

Rio Grande! Nome que é a oração do que sentimos e do que pensamos... Nome de ressonância sem fim, como o *Angelus* na campanha... Rio Grande, a correr do passado para o além da nossa vida...

E que raça nasceu ali, naquele recanto onde o Brasil principia! Um ente resumiu-a toda: Bento Gonçalves. Esse é o nosso ancestral e o nosso mestre. Perfeito na bravura e na lealdade, não lutou contra os homens se não pelo bem dos homens. Desembainhava a espada para cortar o fio às outras espadas. Sabia vencer generosamente, com inteligência. Nunca maltratou um inimigo. Na alucinação dos combates, guardava sempre a serenidade, – a sua força maior. Não tinha ódios. Tinha ilusões... E era livre como o vento minuano...

De Bento Gonçalves é a vossa linhagem, senhor General Setembrino de Carvalho. Nem outro louvor desejaria um filho de gaúchos, hoje que é ministro da guerra e que, mais uma vez, acaba de trabalhar pela paz!

NO DILÚVIO PRIMITIVO

Houve alguns casos na arca. De dois me lembro. O baile é um. Baile que podia pertencer aos argumentos das pessoas torcedoras do divórcio. No transatlântico remoto, o comandante impunha o máximo respeito. Por ordens expressas, os casais eram indissolúveis. Cada um com sua uma. Noé servia de exemplo: só dançava com madame Noé. Passagem do Equador. Formidável animação. A música tocava, tocava sem intervalo, como nas "boîtes". Luz de segredo. Luz de corpo. De repente, mesmo essa luz, apesar de tanta água, a Light interrompeu. Ohs! Ais! Meu Deus! Correrias. Gritos. A arca gingava, tonta, sobre as águas. Dois minutos de escuridão. A luz voltou. Quando a luz voltou, todos os animais tinham trocado de mulher.

O outro caso é este: Noé, logo que a arca boiou, ao ver que estava superlotada, e que seria perigoso o aumento do peso, resolveu que devia abolir lá dentro a continuação do *slogan*:

"Crescei e multiplicai-vos." Meditou, sacudiu a cabeça, fez sinal à girafa, aproximou-se:

– Está me chamando?

– Estou. Minha filha, tenha paciência. Vou dar-lhe uma tarefa importantíssima.

– Dê.

— Fica encarregada de não permitir nascimentos durante a nossa flutuação. Passeie os olhos por todos os lugares. Proiba todas as atitudes suspeitas. Se a carga crescer, vamos ao fundo. Entendeu?

— Entendi.

— Não lhe falta pescoço para isso.

— Eu sei.

E a girafa cumpriu, eficiente e incansável, as ordens de Noé, durante quarenta dias e quarenta noites. No fim da enchente, à hora do retorno às velhas atividades, o comandante, na porta da saída, via os casais partindo. Intactos. O boi com a vaca. O galo com a galinha. O borboleta com a borboleta. O cobra com a cobra. A lista inteira, sem mudança para mais. Nem o macaco e a macaca traziam macaquinhos. Nem o cupim e a esposa traziam cupinzinhos. Até o coelho e a coelha, que chegaram dois, partiram dois. Noé já pensava em ir apertar a mão da girafa e lhe agradecer o bom serviço, e eis que surgiram o gato e a gata e cinco gatinhos.

— Oh!

Noé ia zangar-se. Desistiu. O perigo passara: a arca estava em terra. A girafa não podia compreender! Vigiara tão bem, no claro, no escuro, no lusco-fusco! Como que aquilo acontecera? Como? Como? Baixou o pescoço sobre o par e as reproduções:

— Como?

A gata, dizendo adeus, murmurou no ouvido dela:

— Te tapeamos, hein! Você pensava que nós estávamos brigando...

OPINIÕES

— Naquele tempo, eu tinha dezesseis anos, olheiras e uma grande paixão por Santa Cecília. No internato, passava os dias, alheiado, distante. Ganhei fama de místico. Era a voz mais bonita do coro. Era também o ajudante sempre escolhido para as missas solenes. Foi numa saída daquele tempo que eu li os *Três cadáveres* de Fialho de Almeida. Imagine a sensação! Substituir Santa Cecília por Marta, no Amor. Marta, não se lembra?

"Uma dessas tísicas ideais, brancas, dolentes, os olhos quebrantados de uma lascívia poética e com suspiros que rimam, – uma dessas tísicas que parecem Chopin em estatuária..." Comecei, daí, a espantar a realidade do meu destino... Fiz os meus primeiros versos. Fiz um discurso. Os versos, tristíssimos, sobre a solidão. O discurso, entusiasmado, cheio de gestos, a propósito dos nossos heróis no Paraguai... Fiquei incerto, desde então. Perdi a fé em mim e não encontrei a fé nos outros. Vim, fatigado já, da juventude. Desconfio que eu devia matar alguém para me consolar...

– Oh!...

– O "Werther" de Goethe, introduziu uma epidemia de suicídios na Alemanha, quando apareceu. O *Crime e castigo* de Dostoiéwski, tornou assassinos numerosos estudantes na Rússia. A minha tremenda leitura foi o "Jack", de Daudet. Leitura chorando... O último capítulo, a cena no hospital, quando o pobre rapaz diz à Cecília: "Você me deu tudo que eu desejava na vida. Você foi tudo para mim: minha mãe, minha irmã, minha amiga, minha mulher...", até as palavras finais do velho rival: "Morto, não! Liberto!" A dor profunda e a desgraçada recompensa me encheram de uma comoção, que nem sou mais capaz de contar... Daudet é um autor para antes dos vinte anos. Li-o na época... Conheci, mais tarde, outros livros dele, muito superiores ao "Jack", talvez. Mas, na memória da minha educação sentimental, Daudet ficou sendo o autor do "Jack"... Está com pressa?

– Não.

– Pois, recordei tanto, apenas para lhe ser útil. Foi justamente no "Jack" que encontrei a frase que me valeu, em seguida, por todos os conselhos e todas as filosofias: "Jack, a vida não é um romance." E não é. Nem mesmo um romance naturalista... A vida!... Para que formar opiniões?

Calou-se. Baixou a cabeça.

Concluiu, de repente:

– Entretanto, quando se chega à nossa idade... quando se olha para trás... Ah! meu amigo! a vida é um romance, um longo, longo romance! E ainda bem que assim é. Que seria dos analfabetos, se assim não fosse?

NOSSA CIDADE...

Nossa cidade é, entre as cidades do mundo, uma das dez mais. Parente moça de Roma, de Paris, de Lisboa, de Madri, de Constantinopla, até de Berlim, nem lhe falta, às vezes, o *fog* de Londres; usa também, cheia de tanto espaço na terra, a ânsia de subir para o céu, em longos fichários, como Nova York; e, se o cruzeiro vale menos do que o peso, Rio de Janeiro tem uma simpatia, uma beleza, um *it* que Buenos Aires não tem.

Cidade de ano bom. Sempre nova. Imprópria para monumentos. É por isso que as estátuas que lhe impuseram, a pé ou a cavalo, são todas superlativamente horrorosas. A gente daqui é gente que anda, dança, canta. Entre os morros e as praias faz a vida, com os altos e os baixos, e protesta, e ri e vê que, afinal, tudo está bom e que mais valem todos os pássaros voando que um só na mão...

COMECEI O DIA...

Comecei o dia ouvindo *La paloma*, que um realejo veio tocar na rua. Como é bonita *La paloma*, escutada assim de manhã! Dá um ar de infância a tudo. Espalha ternura no ar. E o realejo! Tão risonho, tão contente! Todos os realejos são irmãos, irmãos na alegria, moam embora o mais triste, o mais lamentoso dos ritmos. São os Carlitos da música. E são justamente como aqueles discípulos de São Francisco de Assis, que andavam cantando pelas estradas da Itália, no século 13 de Nosso Senhor. Nos realejos ficou a última pureza do mundo. Eles guardaram a sensibilidade que fazia os poetas.

Não sei se Walt Disney pôs algum realejo em alguma sinfonia dos desenhos animados. Também não sei se Walt Disney, quando esteve no Brasil, conheceu o estudo do senhor Jorge Hurley, do Pará, sobre a fala dos bichos. Disse o senhor Jorge Hurley:

– Os bichos falam de verdade, eu o garanto, não só por experiência e observação próprias, como firmado no testemunho insuspeito de caboclos venerandos, nascidos e criados dentro dos caetés amazônicos, onde habita a fauna mais inteligente e letrada do Universo. – Em seguida, fez citações numerosas. A mais impressionante é a da cigarra – um dos animais que aprenderam a língua de Antônio Vieira. – A cigarra parda, minúscula, é o único animal que, ao pôr do sol, ao amanhecer e ao meio-dia, dá graças a Deus, por intermédio da Mãe Santíssima, no seu saudoso e expressivo: – Cy! Cy! Cy! Nesse vocábulo ela exclama: – Mãe! Mãe! Mãe!

"A fauna mais inteligente e letrada do Universo...". Que consolo ler isso num tempo como este! E que esperança!

IMAGINAÇÃO

É raro um homem chamar uma mulher de bela. Chama-a em geral de bonita, com as exceções dos que ainda usam formosa. Linda tem aplicação com idade e estado. Linda é a mulher solteira, que passou dos quinze anos e está longe dos vinte. É a namorada. Para casar. Bonita é a mulher propriamente dita. E sabem por quê? Pelo perfume. O perfume torna todas as mulheres diferentes na mesma exclamação. Em nenhuma delas nenhum perfume é igual. Aprendi isso num jantar. Mas tenho viajado muito de lotação.

Justamente eu ia pensando assim num lotação. Conseguira que ficasse num lugar, sozinho, junto de mim. Viajava com o meu cigarro e o meu anjo da guarda. Por acaso, decerto, Margarida entrou.

– Grande coroa!
– Ó borboleta!

Vasto aperto de mão, alegre, fotogênico.

– Um cigarro.
– Fogo também?
– Não. Fogo eu tenho.

Margarida acaba de descer de Petrópolis, cor de marfim, espichada, inglesíssima.

– Você parece uma faca de abrir livros.
– Pois foi o que não abri neste verão. Enjoei de ler.
– Que fez em tantos meses lá em cima?

– Senti calor. Como Petrópolis é quente!

E sem que eu lhe perguntasse mais nada, desandou a contar casos de suas férias. Vários. Terríveis. No princípio, quase me faltou o jeito. Depois, ouvi, firme. Que prazer, escutar confissões!

Despedimo-nos na esquina de Ouvidor.

– Ótima viagem! Obrigado, Margarida!

– *I am very glad!*

Atravessou a Avenida. Subiu a rua.

Aí apareceu Armando, também descido de Petrópolis. Desabafei os casos de Margarida.

– Mentira! Essa garota deu para inventar romances. Ao contrário, portou-se com um bruto juízo. No único baile em que surgiu, segunda-feira de Carnaval, nem dançou. Não sei por que anda espalhando loucuras que não cometeu!

Saber, de verdade, talvez não seja possível. Desconfio que é por pudor.

A imaginação, às vezes, inventa a felicidade; às vezes, inventa coisas piores. No fundo, sempre distrai.

FERNANDES

Sim, Fernandes. Sem antes nem depois. Os grandes homens não carregam nomes grandes. Ele é um grande homem a seu modo. Quarenta e seis anos, copeiro, solteiro, dinheiro na Caixa, nunca tivera prazer na vida, além do trabalho executado com ligeireza e capricho. Uma noite, bateu na testa, vendo passar diante dos seus olhos um homem numa bicicleta. Oh! se ele montasse numa bicicleta e fosse por essas ruas, a mexer com as pernas e a divertir-se! Comprou uma bicicleta do entregador da lavanderia, aprendeu o equilíbrio e o resto. Saiu a pedalar. Na esquina, um automóvel atropelou Fernandes e a máquina. Veio a Assistência. Fernandes tinha cura, a máquina não tinha. Levaram o proprietário para o hospital, a propriedade para o depósito de ferro velho.

Fui visitar Fernandes no sábado seguinte. Estava todo enfaixado.

— Como vai?

— Melhor. Mais umas semanas e volto ao trabalho. Muito obrigado pela visita. Olhe, queria que me fizesse um favorzinho.

— Pois não.

— É que o meu vizinho aqui da direita (está dormindo agora) me vendeu uma bicicleta, e como eu não posso ir buscá-la, e já a paguei, queria que o senhor doutor se encarregasse disso. É na Rua Real Grandeza, o número está aqui, no recibo, debaixo do travesseiro.

No dia da alta, Fernandes saiu do hospital, magro, radiante, com cicatrizes, em cima de sua bicicleta. E nenhum automóvel lhe perturbou a felicidade...

BAILADO

Mina não tem casa. Mora num quarto de vestir. Anda sempre nua. No inverno, fecha a janela. No verão, abre a janela. Atirada sobre o divã – cor de tomate, por causa das vitaminas – lê, lê, lê, durante o dia... Durante a noite, dança para ganhar a vida. A vida: uvas, passas de pêssego, sorvetes, água gelada, chá quentíssimo, limão, pedaços de seda, perfumes doidos, todos os colares. Com o cabelo cortado curto, dá a desconfiança de ser um bailarino em vez de uma bailarina. É uma bailarina: não porque usa o nome de Mina, sim porque adora as conversas invisíveis. A diferença principal entre uma mulher e um homem vem de que a mulher não desliga o telefone quando a ligação foi feita errada; o homem desliga. Mina fica ouvindo, fica falando. Os livros, entretanto, organizam o seu prazer de verdade. Livros de poemas, livros de contos, novelas, romances, crônicas, biografias, comédias, viagens, memórias. Lê, lê, lê. Para viver além da conta. Mostra as rumas de livros, diz: – Como eu sou velha! Na hora de sair, antes de largar o que está lendo, põe um sinal na página, com "rouge" ou com "bâton". A biblioteca de Mina é toda maquilhada, cheia de marcas da passagem dela. Se Mina pudesse ir assim para a rua...! Se pudesse trocar os figurinos já tão insignificantes, por pinturas na carne sofisticada! – que modelos criaria! Essa pequena, perfeitamente sem educação, carrega uma artista inventora de

maravilhas. Sozinha, é um bailado de Moscou, Paris, Monte Carlo, Londres, Sevilha, Milão, Estocolmo, Lisboa, Rio de Janeiro... um bailado completo: cenários, costumes, músicas, máscaras, atitudes, movimentos.... E como Mina dança mal!
– Um encanto!

OLHOS FECHADOS

*H*á, decerto, santos anônimos. Passaram pelo mundo desconhecidos. Desconhecidos, seguiram para a eternidade. Não têm devotos. Ninguém lhes pede nada. Orações, promessas, todas as vozes humanas que, num instante ao menos, invocam os companheiros junto de Deus, nunca os invocaram. São, talvez, os santos mais felizes. Possuem a bem-aventurança perfeita. Gozam em paz o descanso dos dias passados aqui em baixo. O sono deles foi um adeus. Não foi como é o nosso sono ainda: um até logo que se dá à vida.

Machado de Assis dizia: "Dormir é a forma interina de morrer." Pelo menos, dormir é ficar sozinho. Cada um dorme o seu sono. Acordados, todos vivem com todos. Por isso, desde que começou a haver muita gente no mundo, acordar tem sido sempre um verbo que mete medo. O medo inventou as superstições, os provérbios, os hospícios e outras defesas perdidas. Que adianta, por exemplo, ao saltar da cama, pôr o pé direito no chão antes do esquerdo? De que serve repetir: "mais vale quem Deus ajuda do que quem cedo madruga" ou o contrário: "Deus ajuda a quem madruga". Enlouquecer, alguma vez, foi útil aos loucos propriamente ditos? E as rezas, as figas, os breves já evitaram que acontecessem os maus encontros, as desavenças, as brigas fatalíssimas? Um médico francês receitava para os doentes estas palavras que deviam ser pronunciadas com convicção de manhã cedo: "Sinto-me bem! Sinto-me mesmo muito bem!" Nenhum dos doentes escapou. Marco Aurélio também usava pensar, logo que abria os olhos, nas pessoas desagradáveis que ia ver, e se consolava assim: "São ignorantes do bem e do mal. Eu, que contemplei a natureza do bem: o belo, e a natureza do mal: o feio – nada posso sofrer de tais pessoas". Nada sofreu. Acredito. Porém, a Imperatriz Faustina, que se levantava como se deitava, de cabeça vazia, gozou muito mais. Essa é a questão. Quem atrapalhou foi Hamlet: "Dormir... Dormir... Sonhar, quem sabe?..." Até hoje ninguém soube.

GRAÇAS A DEUS

Gosto de todos, mas sou Flamengo. Ser Flamengo é ser eternamente moço, sem geleia real, sem novocaína, pílulas, gotas, poções – na alegria de estar junto do povo, andar feliz com pobres e ricos, com os que possuem o encanto da gente carioca, dizendo as coisas mais sérias em ar de riso, coração aberto, inteligência acesa, e tocando para a frente, firme e legal. Ser Flamengo é também graças a Deus, ter sido amigo de Zé Lins do Rego, ser amigo de Ari Barroso!

Uma história de outros tempos conta que o homem feliz não tinha camisa. A história deste tempo conta que o homem feliz tem camisa: e é a camisa do Flamengo.

GATOS E PARDAIS

*E*m Londres, há pouco, entre um charuto e um uísque, eis o suspiro alegre de Winston Churchill, estadista, pintor, escritor:

– Eu não gostaria de morrer sem ter envelhecido.

Os companheiros de viagem, embora por estradas diferentes, Bertrand Russell, matemático e filósofo, e o romancista Somerset Maugham, como os dois que partiram antes, G. K. Chesterton, crítico, e Bernard Shaw, autor teatral, se não suspiraram assim, chegaram iguais à beira do centenário. Nenhum se deixou contagiar pelo *spleen*, e o *fog* não prevaleceu contra eles. Sempre houve "bons motivos" para todos.

Bertrand Russell alerta os angustiados:

– Variem os pratos do almoço e do jantar e troquem pela paz as armas nucleares.

Somerset Maugham procura novidades:

Quando eu era jovem, achava espantosa a revelação de que Catão, o velho, começara a aprender grego aos oitenta anos. Hoje, não vejo nada extraordinário na revelação. A velhice dispõe-se a empreender tarefas a que a juventude se nega por falta de tempo.

G. K. Chesterton deixou o conselho:

– O que importa é fugir do tédio. Façam o prazer durar.

Prazer bem estendido por Bernard Shaw, que fingia de pessimista para se divertir com o pessimismo alheio. Comia pouco, e só vegetais. Bebia pouco, e só água. No túmulo de Bernard Shaw não caberia o epigrama gravado no túmulo de Timocreonte de Rodes:

AQUI DORME QUEM COMEU MUITO, BEBEU MUITO, FALOU MUITO MAL DOS HOMENS.

A não ser que se descobrisse que Bernard Shaw "também" comeu muito e bebeu muito, o que talvez tenha feito em segredo...

Há a idade do pardal e a idade do gato.

Dawns Adams, parceira de Charlie Chaplin em *Um rei em Nova Iorque*, está na idade do pardal, longe, longe da idade desses gatos quase um século embalados pelas horas do Big-Ben. Dawns Adams garante:

– Para viver agradavelmente na Inglaterra, é necessário passar o inverno na Côte D'Azur, o verão em Capri, a primavera em Paris, e o resto do ano... em Londres, dentro de casa, debaixo de cobertores.

Pardal de celebridade diversa, "astro" do Caso Profumo, Christine Keeler, se por enquanto não vive, já viveu agradavelmente na Inglaterra e disse:

– Eu sou apenas um modelo...

E foi na Inglaterra que, no reinado da primeira Elizabeth, a Beatriz de Shakespeare revelou a sua felicidade:

– Quando eu nasci, uma estrela dançava...

AMOR

Deve ser porque eu moro muito longe. Não posso compreender o motivo da malquerença e da separação de brancos e pretos nos Estados Unidos da América do Norte. Um dos melhores homens aparecidos entre os homens era de lá: Emerson – Waldo Ralph Emerson (hoje teria cento e sessenta anos) – deixou uma herança de amor. Ele disse: "Quando vens andando para perto de mim, penso como hei de tornar mais bela a tua vida." Tirava o chapéu às rosas. Sorria aos pássaros. Punha as mãos cada manhã, agradecendo a Deus, o dia novo, e o dia novo era dia feliz se fizesse felizes, não discípulos, mas amigos. A lembrança de Emerson inventa nos descendentes as pequenas histórias, tão simples, tão de coração a coração, que as pessoas do povo, de qualquer cor, contam, e aproximam, desmancham diferenças. Na verdade, apesar dos pesares, não existe desigualdade humana. Existe teimosia, e a teimosia pertence tanto aos que nasceram escuros, quanto aos que nasceram claros. As flores nunca deixam de ser flores: vermelhas, roxas, castanhas, azuis, louras, negras... As pedras preciosas, também. Quem se queima na praia e quem empalidece em casa são irmãos. Não há feios e bonitos. Há agitados e confusos.

Antes de Emerson já se sabia: "O que o feio ama, bonito lhe parece." E depois de Emerson se soube a mesma

coisa com outras palavras: "É o amor que embeleza tudo."
O ódio traz miopia, traz catarata, traz cegueira.

Nosso Olavo Bilac ensinou a receita de ouvir estrelas: "Amai para entendê-las."

Ora, nos Estados Unidos da América do Norte, estrelas não faltam. Nem creio que falte amor na gente que plantou o mais belo jardim do mundo, – o "Memorial Park", onde os mortos se transformam em canteiros maravilhosos, e onde, junto de obras-primas de pintura e escultura, está sempre tocando música que parece vinda do céu...

OS OUTROS E NÓS

Não sei se Walt Disney, quando esteve no Brasil, conheceu o estudo do senhor Jorge Hurley, do Pará, sobre a fala dos bichos. Disse o senhor Jorge Hurley: "Os bichos falam de verdade, eu o garanto, não só por experiência e observação próprias, como firmado no testemunho insuspeito de caboclos venerandos, nascidos e criados dentro dos caetés amazônicos, onde habita a fauna mais inteligente e letrada do Universo." Em seguida, fez citações numerosas. A mais impressionante é a da cigarra, "um dos animais que aprenderam a língua de Antônio Vieira. A cigarra parda, minúscula, é o único animal que, ao pôr do sol, ao amanhecer e ao meio-dia, dá graças a Deus, por intermédio da Mãe Santíssima, no seu saudoso e expressivo: – Cy! Cy! Cy! – nesse vocábulo ela exclama: – Mãe! Mãe! Mãe!"

A fauna mais inteligente e letrada do Universo...

Que consolo! E que esperança!

Na hora do almoço, com o atum veio a velha comparação: "Mudo como um peixe." E veio a velha dúvida: "Falam ou não falam os outros animais?" Espalhou-se que o peixe é mudo; mas, quem sabe se, no mundo debaixo d'água, as conversas e os discursos se produzem de maneira diferente? A culpa do silêncio deles talvez seja nossa. Com que direito resolvemos afirmar que somos os racionais? Dividimos a população da Terra entre nós e os que declaramos irracionais.

Os coitados se submeteram; tornaram-se mais humildes, de geração em geração; não conseguiram melhor forma de protesto que a greve da troca de ideias, em verdade bem prejudicial à evolução do espírito. Apenas o papagaio diz coisas, porém sempre com jeito de deboche, a repetir o que dizemos; tal qual o macaco, que imita os nossos gestos e os nossos ares, e dá guinchos; tal qual o pinguim, que é sem falta, o último monarquista sincero; tal qual o morcego, que chupa o sangue da gente; tal qual o tubarão...

Não será sem razão que homens se têm chamado Pinto, Leitão, Sardinha... No tempo de Leão XIII, um pai, em Porto Alegre foi batizar o filho. O vigário perguntou:

– O nome?
– Tigre.
– Tigre?!
– Sim, senhor.
– Não posso batizar com esse nome.
– Não pode? Por quê?
– Tigre não é nome de gente.
– Ué! E o Papa não se chama Leão?

Tivemos o poeta Pardal Mallet, o pintor Gutman Bicho, e Coelho Neto e Roquette-Pinto. Temos em São Paulo: Carvalho Pinto e, em Belo Horizonte: Magalhães Pinto. Durante anos, Camelo Lampreia foi ministro de Portugal no Brasil. Um país inteiro chamado Peru. Etc. Esse etc. é um jardim zoológico.

Entretanto, as denominadas feras nos apavoram e duvido que alguém fixe os olhos de um burro sem pedir desculpas, e os olhos de uma coruja sem perguntar com medo:
– Que foi que eu fiz?

TEMPOS

De vez em quando, para variar, tenho saudades de um tempo que morreu antes de eu nascer. O tempo dos saraus com recitativos de corpo ereto. Hoje ainda há saraus, ainda há recitativos. Mas não vê que não são como os saraus e recitativos antigos? Hoje é uma mocinha ou uma senhora, inteiramente gesticulada, que, a pedido da dona da casa ou pelo gosto de sofrer de alguma pessoa feliz, vai para o centro da sala e solta coisas em francês, em espanhol, "As duas sombras", de Olegário Mariano, "*In extremis*" de Olavo Bilac, "As cartas de amor" de Guilherme de Almeida", "As deliciosas mentiras" de Adelmar Tavares, até "Essa nega Fulô" de Jorge de Lima. Já ouvi certa professora que solfejou, com olhos e braços em transe, dois cantos inteiros de Santa Rita Durão. Também tenho escutado autores interpretando as próprias criações.

Não era assim, não. Não me canso de imaginar. Pelas oito e meia, dona Eufrosina se dirigia para o piano, tirava os primeiros compassos da *Dalila* ou do *Miserere* do Trovador. Seu Marconde, que estava à espera do toque, já em pé, dava um jeito na sobrecasaca, esticava o pescoço, comovia, comovia de verdade, com o "Noivado no sepulcro" de Soares dos Passos. Era longo, era fúnebre, era talvez pouco decente, mas era bonito!...

"Depois, mais tarde, quando foi volvido
Das sepulturas o gelado pó,
Dois esqueletos, um ao outro unido,
Foram achados num sepulcro só!"

A polícia não tomava conhecimento do fato. Tudo terminava em chá com torradas e casamentos indissolúveis. Não havia danças.

Em fase menos remota, assisti, uma noite, no salão de Rodrigo Otávio, um rapaz que, durante meia hora, declamou o "Navio negreiro" de Castro Alves.

Quando fez a reverência para as palmas, um desembargador, surdo, quis saber:

– Que foi que ele disse?
– Castro Alves.
– Hein?
– CASTRO ALVES.
– Ah!

Levantou-se:

– Com licença! O nosso jovem amigo os deliciou com a musa do maior poeta do Brasil. Desejo que ouçam, dessa mesma musa, a mais célebre das suas inspirações.

E declamou o "Navio negreiro"!

FORA DO TEMPO

Tinha uma voz... uma voz de aquário... com peixes dourados e vermelhos, úmida, transparente, dava vontade de meter as mãos dentro dela. Não parecia haver nascido como as outras mulheres nascem, pequeninas, sem cabelos, já chorando. Parecia ser feita com pedaços alheios, de corpos diferentes.

Chamava-se Rute, tal qual aquela das espigas. Doida por champanha com éter. Usava luvas cor de pérola, sapatos de salto baixo, uma limusine belga. O seu perfume: da Índia. Os seus livros: da China. Os seus vestidos: da Itália. Meias, tão invisíveis, que um poeta disse que eram da Lua. Cantava todas as canções de Paris. Tinha os cabelos de Yemanjá e os olhos de Saci-Pererê. Sabia de cor filmes proibidos pela censura.

Religiosa, ia confessar-se nas quintas-feiras, comungava nas sextas; nos sábados, ressurgia.

Não morreu de tuberculose. Morreu de caviar. Dentro do caixão, não se descobria nela o sorriso bom dos mortos. Levou para debaixo da terra, enfeitada de papoulas, uma longa melancolia.

A esta hora, entregou às donas e ao dono, os trechos da sua beleza esquisita, mais de sugestão que de realidade.

Com os ossos, no tempo legal, fará fichas, para jogar roleta.

Foi a maior paixão de Rute: a roleta. Perdia invariavelmente. Perdia até as duas da manhã, nas salas de jogo. Às duas, punha "os últimos restos" no 21, não ganhava, e suspirava, fixando em torno a fumaça junta de cigarros, charutos, cachimbos:

– Vamos embora. Não suporto este ar viciado.

Pobre Rute! Podia viver mais. Não teve tempo.

A VELHINHA

*E*la andou muitos anos, longe, para além do mar.
Foi no tempo em que os seus cabelos cor de tarde, abertos ao meio da cabeça, faziam a ilusão de duas asas voando.
Foi naquele tempo.
Agora, está velhinha. As asas não voam mais. Ficaram brancas. Ao luar da noite alta, as magnólias são assim. Está velhinha, velhinha...
O dia terminou.
Pela janela entra a sombra cor de ouro da tarde. Pousa-lhe nas mãos, a apagar-se pouco a pouco.
A vida que ainda lhe resta parou toda nas mãos.
Os olhos olham para dentro.
Os ouvidos só escutam saudades de palavras.
Não aspira senão o aroma que envolve as coisas guardadas de antigamente.
A boca perdeu a memória.
Mas as mãos têm a mesma graça de sentir.
A velhinha estende as mãos, as mãos longas, frias.
Para onde?
Para quem?
Sorri, contente...
E assim hão de encontrá-la morta os pardais, amanhã, quando o sol voltar... assim, de mãos estendidas, sorrindo, contente...

A NOSSA PITONISA

Lembrei-me agora de Madame Zizina. Sem motivo. Lembrei-me dela como quem encontra na rua, de repente, um velho conhecido, como quem esbarra num poste por distração.

Eu fui dos que entristeceram com a morte de Madame Zizina, há tantos anos.

Sempre acreditei em tudo que ela predizia, principalmente porque nada se realizava. Acreditar com certeza é a mais dolorosa das manias.

Madame Zizina não pôde seguir aquele conselho de Baudelaire:

"*Sois charmante et tais-toi!*"

Ainda muito criança, caiu de uma escada. Cresceu com a espinha deformada, o rosto comido de lágrimas, – feia. Cresceu é um modo de dizer. Ficou sempre do tamanho de uma menina que o tempo deixou em casa... Uma pobre menina, irmã de Poil-de-Carotte...

Aleijada. Nos livros buscou um pouco de esquecimento. E não quis outra vida. A preocupação do futuro a alvoroçou. Leu, leu. Pensou... E, um dia, decidiu falar.

O Rio teve então a sua primeira pitonisa naquele corpo pequenino.

Morreu. Levou para o silêncio a voz do engano, única sobra de mulher que ainda guardava. E levou a esperança...

Novas descobridoras dos destinos alheios vieram. Mãos diferentes esparramaram baralhos diferentes. Bocas em transe continuam falando. Não adiantam. Madame Zizina assustava muito mais...

PAUL LÉAUTAUD

*H*á homens assim, deformados pelas opiniões que se espalham sobre eles. Certa frase, dita por acaso, repetida de propósito, tira-os da realidade até o fim da vida. A atitude de um momento fica sendo a atitude de sempre. Bons? Maus? Inocentemente. Eram outros. Acostumaram-se a ser esses. Em público.

Morreu agora na França – jornais e pessoas afirmaram – o maior pessimista do século, o misantropo muito mais misantropo que o figurino Alceste: Léautaud, inimigo do gênero humano. Com o nome e com o pseudônimo Maurice Boissard, viu, ouviu, descompôs. Achava tudo ruim. Demorou oitenta e três anos na terra. Não quis convivência de semelhantes. Só a de alguns cachorros, alguns gatos, alguns macacos, um urubu. Sensibilidade seca. Inteligência fria.

Mas deixou o diário, escrito desde o começo da carreira, e não era nada disso, era de grande simpatia. Em vez de irreverente, enternecido. Em vez de afoito, tímido. Em vez de bruto, delicado. Poeta. Cabeça cheia de graça. Alma cheia de doçura.

Lembrava-se do menino que fora e os olhos o descobriam, longe, através de lágrimas. Uma tarde ia passando diante do café Mahieu. Verlaine, à sombra da mulher que o acompanhou nos últimos meses, estava sentado do lado de fora. Paul Léautaud pediu à florista da esquina umas violetas. Mandou levá-las ao poeta. Escondeu-se, espiando como seriam recebidas. Verlaine aspirou contente as pequenas flores, procurou em torno quem as mandara. Procurou em vão. Paul Léautaud sumiu-se, feliz da felicidade que tinha dado. Sabia os poetas de cor. Adorava Balzac, Baudelaire, Mallarmé. Confessou: – Nunca os encontrei. Não sei como são. Penso neles e murmuro: – Meu querido Francis James, meu querido André Gide. – Amo a melancolia que me traz a vista das coisas belas. – Que força preciso fazer a todo instante para dominar a minha piedade e a minha bondade! – Ainda não me atrevi a escrever sobre Stendhal, apesar do desejo que tenho e do prazer que teria."

– Ia visitar seguido a casa onde morou adolescente. Comprava brinquedos para as crianças tristes. Pobre, quis morrer no palácio onde viveu Chateaubriand, tão rico. Decerto para levar uma imagem bonita do mundo.

Nunca o encontrei. Sei, entretanto, como era. Penso em Paul Léautaud e murmuro: – Meu querido Paul Léautaud.

BOM DIA, "PARA TODOS"

Ganhei esse vaso com essa flor, há muito tempo. Quem trouxe disse: – Todos os anos dará flor.

– Um dia, já a flor tinha morrido, a planta morreu também. Ficou o vaso sozinho na janela. Nunca deixei de regar a terra onde elas tinham estado, em memória da planta e da flor, e com a vaga esperança de que haviam de voltar. Voltaram. Outras vezes morreram. Outras vezes voltaram. Ao menos para essa planta e essa flor a água nunca faltou.

Quando Jorge Amado veio contar que PARA TODOS ia ressurgir, senti que aconteceu a mesma coisa com a revista do começo da minha mocidade. Quatro vezes PARA TODOS viveu. Quatro vezes PARA TODOS morreu. Voltou sempre. Agora, creio que para sempre. Talvez dê o bom exemplo a essa planta e a essa flor. PARA TODOS, na sua presença mais longa, guardou a história dos últimos anos da primeira república, depois da Semana de Arte Moderna, história da poesia, da música, da pintura, da escultura, da arquitetura, da moda, da cidade mudando de cara e de jeito, do teatro querendo acompanhar a cidade e não conseguindo, das festas mundanas e esportivas, dos carnavais sem turistas, até dos acontecimentos políticos. A célebre fotografia dos "18 do Forte", rumo da praça Serzedelo Correia, bateu-a o fotógrafo Zenóbio, de PARA TODOS. Todos os grandes nomes da nossa literatura e da nossa arte de hoje estão, ainda pequenos, nas páginas de PARA TODOS, entre 1922 e 1931. Ali não se fazia nada de propósito. Era uma improvisação semanal. O proprietário não gostava, mas não proibia. Venda numerosa, publicidade crescente. A redação saíra da Rua do Ouvidor para junto da oficina, na Rua Visconde de Itaúna. Está lá. O vaso permaneceu firme.

Em seguida à "revolução", PARA TODOS entrou no "deserto de homens e de ideias", deserto justamente pela quantidade de homens e pela proliferação de ideias, – entrou, aturdiu-se, desapareceu. Em 1939 e em 1951 os regressos foram rápidos. Hoje, renovado, em forma diferente, desígnios mais meditados, aqui está. O sorriso com que recebo PARA TODOS é um sorriso feliz. Bom dia, PARA TODOS!

REFERÊNCIAS BIOBIBLIOGRÁFICAS

Álvaro Moreyra nasceu em Porto Alegre, em 23 de novembro de 1888, na Rua do Caminho Novo, hoje Voluntários da Pátria.

Nunca tirei do coração a cidade onde nasci...

Filho de Maria Rita da Fonseca Moreira e de João Moreira da Silva, rico comerciante em Porto Alegre e, também, escritor. O nome completo de Álvaro era Álvaro Maria da Soledade Pinto da Fonseca Vellinho Rodrigues Moreira da Silva. "Reduzi a Álvaro Moreyra com y encarregado de representar as supressões. Isso perante o público. Na intimidade, fiquei sendo o Alvinho..."

Em 1907 formou-se Bacharel em Ciências e Letras pelo Colégio Nossa Senhora da Conceição. Ingressa na Faculdade de Direito de Porto Alegre no ano de 1908. Neste mesmo ano, Álvaro Moreyra inicia sua atividade jornalística no Jornal da Manhã, de Alcides Maia.

Em 1909 publica seus primeiros livros de poesia: *Degenerada e Casa desmoronada*, ambos pela Livraria Americana de Porto Alegre.

Transfere-se para o Rio de Janeiro em 1910, na companhia de Felipe d'Oliveira, para cursar a Faculdade de Direito. Álvaro, debruçado na amurada do navio, olha as águas que batem no casco da embarcação que o traria para o Rio de Janeiro. Percebendo que Felipe d'Oliveira se aproximava, disfarça a tristeza, mas revela:

Talvez te pareça bobagem, Felipe, mas já estou sentindo saudade da nossa terra. É como se não visse Porto Alegre há cinquenta anos. Eu amo tudo isso...

No Rio, torna-se colaborador na revista *Fon-Fon!*, de Mário Pederneiras. Neste mesmo ano, publica o terceiro livro de poesias, *Elegia da bruma*.

Legenda da luz e da vida, seu novo livro de poemas, pelas Oficinas Gráficas da Liga Marítima Brasileira, Rio de Janeiro, 1911.

Álvaro concluiu o curso de Direito em 1912 e, no ano seguinte, viaja para a Europa com os amigos Felipe d'Oliveira, Rodrigo Otávio e Araújo Jorge. Chegaram em Paris a 13 de março de 1913. Vão morar no Quartier Latin.

Durante a sua temporada parisiense, Álvaro mergulhou nos diversos movimentos literários e artísticos. Aproveitou para conhecer Portugal, Itália, Inglaterra e Bélgica, onde apaixonou-se pela medieval Bruges.

Bruges, num dia de maio tu acolheste a minha vida. Havia uma feira na Praça Grande. No campanário o carrilhão cantava um ar quase alegre da velha Flandres. As janelas das antigas moradas tinham vasos de rosas e cravos. Junto dos nichos, às esquinas, lâmpadas acesas rezavam em luz a Nosso Senhor, que ainda uma vez mandava a primavera. Era a primavera, Bruges...

Um ano depois – 1914 – Álvaro retorna ao Brasil e à redação da revista *Fon-Fon!* Conhece a jornalista Eugênia Brandão, o seu grande amor, com quem se casa no mesmo ano.

Em 1915 publica o primeiro livro de crônicas *Um sorriso para tudo*, editado pela tipografia da revista *Fon-Fon!* Esse livro terá ainda outras edições: pela Pimenta de Mello (1917) e pela Monteiro Lobato & Cia. (1922).

Volta por algum tempo a Porto Alegre, onde faz um discurso de saudação a Olavo Bilac, quando este visita a cidade, a convite do Conselho Municipal, isto em 1916; neste mesmo ano edita o livro de poesias *Lenda das rosas*, pela Tipografia Apolo.

Em 1918, dirige a revista *Para todos,* juntamente com o caricaturista J. Carlos.

Muda-se para um casarão em Copacabana – rua Xavier da Silveira, 99. A casa torna-se o centro de encontro de artistas e intelectuais do Rio de Janeiro por três décadas.

No ano de 1921 lança, pela Pimenta de Mello, *O outro lado da vida...*, reunindo novas crônicas.

Álvaro Moreyra passa a integrar o grupo Modernista em 1922, junto com Manuel Bandeira, Ribeiro Couto e outros poetas.

A cidade mulher, outro livro de crônicas, é publicado em 1923 pela Editora Benjamin Costallat Miccolis.

Lança pela Pimenta de Mello, em 1924, a obra *Cocaína*.

Álvaro cria com Eugênia Moreyra o Teatro de Brinquedo em 1927, inaugurado em 10 de novembro, com a peça de sua autoria – *Adão, Eva e outros membros da família*. O teatro, na estreia, era improvisado com decoração e adaptação de Luís Peixoto e Di Cavalcanti. Nesse mesmo ano a Pimenta de Mello edita *A boneca vestida de Arlequim*.

Em 1929 é lançado o livro *O circo*, também pela Pimenta de Mello. Torna-se proprietário da revista *Para todos*, mantendo-a até 1934.

Caixinha dos três segredos e *O Brasil continua...* são editados em 1933.

Dois anos mais tarde, Eugênia é presa por suas atividades políticas, pelo regime de Getúlio Vargas.

No ano seguinte, Álvaro passa a fazer parte do Pen Clube e torna-se redator e diretor da revista *Dom Casmurro*.

Em 1937 cria a Companhia de Arte Dramática Álvaro Moreyra; monta espetáculos o Rio de Janeiro, São Paulo e Porto Alegre.

Foi detido por onze dias, numa prisão do Estado Novo.

> *Preso há onze dias com outros "elementos perigosos ao regime". Hoje entrou um espelho aqui. Foi uma alegria: o cubículo se encheu de caras conhecidas...*

No ano de 1942 morre o pai, João Moreira da Silva. Viaja para Porto Alegre e, na volta, estreia o programa de crônicas radiofônicas *Bom dia*, pela Rádio Cruzeiro do Sul. Em 1945 muda-se para a Rádio Globo, lá permanecendo até 1951.

O livro *Porta aberta* sai pela Editora Guaíra em 1944.

Eugênia morre em 16 de junho de 1948. Viveram juntos por trinta e quatro anos.

> *Sabia acarinhar, e sabia lutar.*
> *A sua ausência enche a casa toda.*

Ainda em sua homenagem, Álvaro escreve um longo poema (12 estrofes):

> *Então, por que teus olhos se apagaram...*
> *Por que a tua voz na boca se calou...*
> *Por que as tuas mãos no peito se cruzaram...*
> *Por que paraste... Então tudo acabou?*

Dois anos mais tarde, Álvaro é eleito presidente da Associação Brasileira de Escritores.

Em 1953 casa-se com Cecília Rosemberg. No ano seguinte publica *As amargas, não...* pela Editora Luz. Um ano depois sai, pela mesma editora, *O dia nos olhos*.

Em 1958 ganha o prêmio de melhor disco de poesias, com *Pregões do Rio antigo*; ainda nesse ano lança *Havia uma oliveira no jardim*, pela Jotapê Livreiro Editor.

É eleito para a Academia Brasileira de Letras em 1959, na vaga de Olegário Mariano, cadeira 21. A posse se deu no dia 23 de novembro de 1959, dia em que completara 71 anos. Foi saudado por Múcio Leão, e seu fardão, doado pelo então governador do Rio Grande do Sul, Leonel Brizola.

Álvaro Moreyra morre no dia 12 de outubro de 1964, no Rio de Janeiro, pouco antes de completar 76 anos. Trinta anos após sua morte a EDIPUCRS lança uma edição póstuma de seu livro *Cada um carrega o seu deserto*.

SUGESTÕES DE LEITURA SOBRE O AUTOR

ANDRADE, Mario de. "O movimento modernista". In: *Aspectos da literatura brasileira*. São Paulo: Martins Editora, 1974.

BANDEIRA, Manuel. *Apresentação da poesia brasileira*. Rio de Janeiro: Tecnoprint, [s.d.].

BARCELLOS, Rubens de. *Estudos rio-grandenses*. 2. ed. Porto Alegre: Globo, 1960.

BOSI, Alfredo. *História concisa da literatura brasileira*. São Paulo: Cultrix, 1979.

BROCA, Brito. *A vida literária no Brasil*: 1900. Rio de Janeiro: José Olympio, 1975.

CANDIDO, Antonio. *Literatura e sociedade*. São Paulo: Nacional, 1965.

CARPEAUX, Otto Maria. *Pequena bibliografia crítica da literatura brasileira*. Rio de Janeiro: Tecnoprint, 1968.

CASTRO, Moacir W. de. *Mário de Andrade:* exílio no Rio. Rio de Janeiro: Rocco, 1989.

CESAR, Guilhermino. *História da literatura do Rio Grande do Sul*. Porto Alegre: Globo, 1956.

COUTINHO, Afrânio. *A literatura no Brasil*. Rio de Janeiro: Sul Americana, 1969. v. II, IV e VI.

DÓRIA, Gustavo A. *Moderno teatro brasileiro:* crônica de suas raízes. Rio de Janeiro: SNT, 1972.

FINATTO, Adelar. *Álvaro Moreyra*. Porto Alegre: Tchê!, 1985.

LARA, Cecília de. *De Pirandello a Piolim*: Alcântara Machado e o teatro no modernismo. Rio de Janeiro: Inacen, 1987.

LEITE, Lígia C. Moraes. *Modernismo no Rio Grande do Sul*: materiais para o seu estudo. São Paulo: Instituto de Estudos Brasileiros da USP, 1972.

LEITE, Luiza Barreto. "Não, Alvinho, as amargas não prometo". In: *A mulher no teatro brasileiro*. Rio de Janeiro: Edições Espetáculo, 1965.

MAGALDI, Sábato. *Panorama do teatro brasileiro*. São Paulo: Difusão Europeia do Livro, 1962.

MARTINS, Dileta A. P. Silveira. *As faces cambiantes da crônica moreyriana*. Porto Alegre: EDIPUCRS, 1977.

_____. *História e tipologia da crônica no Rio Grande do Sul*. Porto Alegre: EDIPUCRS, 1985.

MARTINS, Wilson. *História da inteligência brasileira*. São Paulo: Cultrix, 1977-1981. 6v.

MURICY, Andrade. *Panorama do movimento simbolista brasileiro*. Brasília: CFC/INL, 1973. 2v.

PRADO, Décio de Almeida. *O teatro brasileiro moderno*. São Paulo: Perspectiva/Edusp, 1988.

SODRÉ, Nelson W. *História da imprensa no Brasil*. Rio de Janeiro: Graal, 1977.

TELES, Gilberto M. *Vanguarda europeia e modernismo brasileiro*. Petrópolis: Vozes, 1977.

ZILBERMAN, Regina. *A literatura no Rio Grande do Sul*. Porto Alegre: Mercado Aberto, 1980.

_____. *Literatura gaúcha*: temas e figuras da ficção e da poesia do Rio Grande do Sul. Porto Alegre: L&PM, 1985.

_____. *Álvaro Moreyra*. Porto Alegre: IEL, 1986. (Letras Rio-Grandenses, 5).

BIOGRAFIA DO SELECIONADOR

Mario Moreyra nasceu no Rio de Janeiro. É formado em Letras, pós-graduado em Literatura, tendo lecionado Literatura e Teoria Literária na Universidade Cândido Mendes, nas Faculdades Simonsen e na Universidade da Cidade. Professor da pós-graduação em Literatura das Faculdades Simonsen. Foi professor do Colégio Militar e da Escola de Magistratura do Rio de Janeiro. Participou do Congresso Brasileiro de Língua e Literatura na Universidade Federal do Rio de Janeiro (UFRJ). Foi repórter e redator na TV Continental, sob a direção de Heron Domingues; trabalhou também na TV Globo, de 1967 até 1972. É coordenador do Centro Cultural Stockler, na Gávea, tendo promovido ciclos de palestras sobre língua portuguesa, a arte da escrita, literatura, mitologia e filosofia. Tem proferido palestras sobre mitologia grega, mito e literatura, em casas de cultura, universidades, colégios (Casa da Gávea, Centro Cultural Stockler, Clube Militar, Faculdades Simonsen, Livraria New Books, Universidade Cândido Mendes e outras instituições). Escreveu os ensaios "O mito do ressentimento", "O mito do espelho" e "A mitologia do amor". Escreveu, ainda, uma coletânea de contos – *Engolindo sonhos*. Foi cronista colaborador em alguns periódicos.

ÍNDICE

As sandálias de Perseu – Mario Moreyra 7

UM SORRISO PARA TUDO

A indulgência 17
A ironia 18
De mim... 19
O silêncio 20
A uma certa idade 21
Mocidade 23
Quedei ali... 25
A bondade 26
Uma casa 27
Alegria 28
Memória 29
A cidade dos crepúsculos 30
Bruges 31
Em Veneza 33
Coimbra 34

O OUTRO LADO DA VIDA

Literatura precoce 37
Mulheres e frutas 38
O pianista daquele *bar* 39
Lembrança 40
O idioma universal 41
A música ambulante 42
Maneira de viver... 43
Descuido... 44
Gente moderna 45
Um velho colecionador 47
Um tiro 49
Uma visita inesperada 50
E... 54

A CIDADE MULHER

Mulherzinha 57
Ideia 58
Mania aborrecida 60
De volta de um espetáculo 61
Mulheres 62
Cuidado!... 63
Dança ao sol 64
Sina 65
Pois dance agora... 66
Transeunte 68
Aqui está 69

À beira-mar 70
Fecho de inverno (1921)..72
João do Rio 74
Olegário Mariano 76
Ribeiro Couto 78
Castro Alves 80
Diálogo rápido para acabar 82

A BONECA VESTIDA DE ARLEQUIM

Ela...85
Coruja..86
A vida..88
Encontro..90
Menga..91
Anoitecer...92
As corujas bailam 93
Jane 94
A hora da missa...95

O BRASIL CONTINUA...

O Brasil é... 99
Para ser bem sincero... 101
Acasos 102
Palavras 104
Povo... 105
Disseram... 106
Patriotas aflitos... 107

Washington Luís 109
Getúlio Vargas 110
Oswaldo Aranha 112
José Américo de Almeida 114

PORTA ABERTA

Parece que a guerra... 119
Quando soube... 120
Mal do século 121
Lembranças de Moissi 123
Esse negócio de escrever... 125
Carnaval 127
Carnaval carioca 129
Graciliano Ramos 131
A vida ficou assim 132
Nossos irmãos, os burros 134
Outono 136

AS AMARGAS, NÃO...

Nunca tirei do coração... 141
Ao velho Rio de Janeiro... 142
Quem afirmou... 145
Não... 146
Cultura... 147
Berta Singerman 148
Desejos... 149
Não, não é poesia 150

A alma... 151
Falar é despedir-se 152
Ainda não... 153
Não adianta... 155
Há pelo menos... 156
As noites... 157
Jorge Amado... 158
Polaire 159

O DIA NOS OLHOS

O dia nos olhos 163
Dilúvio 164
Ponto 165
Irmãos 166
Mulheres 167
A longa história 169
Marlene Dietrich 170
Espíritos...171
O grande desejo 172
Portugal 174
Uma imagem 175
Lâmpadas queimadas 176
Restos de vida...177
Água 179
Treze de junho 181
Amor 183
Abençoados 185

A possível resposta..187
O homem dos olhos sem memória................................189

HAVIA UMA OLIVEIRA NO JARDIM

A crônica..193
O chamado "meio literário"....................................194
Carlos Scliar...196
Manuel Bandeira..197
José Lins do Rego..198
Tônia Carrero..200
Itália Fausta..202
Não é só..203
Não quis dizer adeus..204
Vejo com melancolia..205
Mas, onde estão...206
Carregamos...207
Naquele tempo..208
A primeira conversa de amor................................210
No princípio..212
O verbo da vida...214
Gente de teatro..215
Não me deito...217
O teatro...218
27 janeiro 1958..219
Passei a tarde..220
As crianças dos apartamentos...............................221

CADA UM CARREGA O SEU DESERTO

A eterna anedota 225
Amparo 227
Ilusão... 228
A filosofia... 229
O intruso.. 231
Não me lembro... 232
Alexandre Dumas... 234
Sentado no terraço... 236
Esta casa... 238
Cada um carrega o seu deserto 239

AFORISMOS

Pensamentos aforismáticos e alguma confissão 243

CRÔNICAS AVULSAS
(publicadas em revistas e jornais)

Bailes... 261
1913-1963.. 263
Fim de semana gostoso... 265
Quanto devemos aos portugueses 267
Tudo é novo sob o sol... 269
O bom rei João... 271
Mãos postas 273
A vida é assim... 275
Palavras 277

No dilúvio primitivo 279
Opiniões 281
Nossa cidade... 283
Comecei o dia... 284
Imaginação 286
Fernandes 288
Bailado 290
Olhos fechados 292
Graças a Deus 294
Gatos e pardais 295
Amor 297
Os outros e nós 299
Tempos 301
Fora do tempo 303
A velhinha 305
A nossa pitonisa 306
Paul Léautaud 308
Bom dia, "para todos" 310

Referências biobibliográficas 313
Sugestões de leitura sobre o autor 317
Biografia do selecionador 319

COLEÇÃO MELHORES CRÔNICAS

MACHADO DE ASSIS
Seleção e prefácio de Salete de Almeida Cara

JOSÉ DE ALENCAR
Seleção e prefácio de João Roberto Faria

MANUEL BANDEIRA
Seleção e prefácio de Eduardo Coelho

AFFONSO ROMANO DE SANT'ANNA
Seleção e prefácio de Letícia Malard

JOSÉ CASTELLO
Seleção e prefácio de Leyla Perrone-Moisés

MARQUES REBELO
Seleção e prefácio de Renato Cordeiro Gomes

CECÍLIA MEIRELES
Seleção e prefácio de Leodegário A. de Azevedo Filho

LÊDO IVO
Seleção e prefácio de Gilberto Mendonça Teles

IGNÁCIO DE LOYOLA BRANDÃO
Seleção e prefácio de Cecilia Almeida Salles

MOACYR SCLIAR
Seleção e prefácio de Luís Augusto Fischer

ZUENIR VENTURA
Seleção e prefácio de José Carlos de Azeredo

RACHEL DE QUEIROZ
Seleção e prefácio de Heloisa Buarque de Hollanda

FERREIRA GULLAR
Seleção e prefácio de Augusto Sérgio Bastos

LIMA BARRETO
Seleção e prefácio de Beatriz Resende

OLAVO BILAC
Seleção e prefácio de Ubiratan Machado

ROBERTO DRUMMOND
Seleção e prefácio de Carlos Herculano Lopes

SÉRGIO MILLIET
Seleção e prefácio de Regina Campos

IVAN ANGELO
Seleção e prefácio de Humberto Werneck

AUSTREGÉSILO DE ATHAYDE
Seleção e prefácio de Murilo Melo Filho

HUMBERTO DE CAMPOS
Seleção e prefácio de Gilberto Araújo

JOÃO DO RIO
Seleção e prefácio de Edmundo Bouças e Fred Góes

COELHO NETO
Seleção e prefácio de Ubiratan Machado

JOSUÉ MONTELLO
Seleção e prefácio de Flávia Vieira da Silva do Amparo

ODYLO COSTA FILHO*
Seleção e prefácio de Cecilia Costa

GUSTAVO CORÇÃO*
Seleção e prefácio de Luiz Paulo Horta

ÁLVARO MOREYRA*
Seleção e prefácio de Mario Moreyra

RAUL POMPEIA*
Seleção e prefácio de Claudio Murilo Leal

RODOLDO KONDER*

FRANÇA JÚNIOR*

MARCOS REY*

ANTONIO TORRES*

MARINA COLASANTI*

*PRELO

COLEÇÃO MELHORES CONTOS

Aníbal Machado
Seleção e prefácio de Antonio Dimas

Lygia Fagundes Telles
Seleção e prefácio de Eduardo Portella

Breno Accioly
Seleção e prefácio de Ricardo Ramos

Marques Rebelo
Seleção e prefácio de Ary Quintella

Moacyr Scliar
Seleção e prefácio de Regina Zilbermann

Machado de Assis
Seleção e prefácio de Domício Proença Filho

Herberto Sales
Seleção e prefácio de Judith Grossmann

Rubem Braga
Seleção e prefácio de Davi Arrigucci Jr.

Lima Barreto
Seleção e prefácio de Francisco de Assis Barbosa

João Antônio
Seleção e prefácio de Antônio Hohlfeldt

Eça de Queirós
Seleção e prefácio de Herberto Sales

Mário de Andrade
Seleção e prefácio de Telê Ancona Lopez

Luiz Vilela
Seleção e prefácio de Wilson Martins

J. J. Veiga
Seleção e prefácio de J. Aderaldo Castello

João do Rio
Seleção e prefácio de Helena Parente Cunha

Ignácio de Loyola Brandão
Seleção e prefácio de Deonísio da Silva

LÊDO IVO
Seleção e prefácio de Afrânio Coutinho

RICARDO RAMOS
Seleção e prefácio de Bella Jozef

MARCOS REY
Seleção e prefácio de Fábio Lucas

SIMÕES LOPES NETO
Seleção e prefácio de Dionísio Toledo

HERMILO BORBA FILHO
Seleção e prefácio de Silvio Roberto de Oliveira

BERNARDO ÉLIS
Seleção e prefácio de Gilberto Mendonça Teles

AUTRAN DOURADO
Seleção e prefácio de João Luiz Lafetá

JOEL SILVEIRA
Seleção e prefácio de Lêdo Ivo

JOÃO ALPHONSUS
Seleção e prefácio de Afonso Henriques Neto

ARTUR AZEVEDO
Seleção e prefácio de Antonio Martins de Araujo

RIBEIRO COUTO
Seleção e prefácio de Alberto Venancio Filho

OSMAN LINS
Seleção e prefácio de Sandra Nitrini

ORÍGENES LESSA
Seleção e prefácio de Glória Pondé

DOMINGOS PELLEGRINI
Seleção e prefácio de Miguel Sanches Neto

CAIO FERNANDO ABREU
Seleção e prefácio de Marcelo Secron Bessa

EDLA VAN STEEN
Seleção e prefácio de Antonio Carlos Secchin

FAUSTO WOLFF
Seleção e prefácio de André Seffrin

AURÉLIO BUARQUE DE HOLANDA
Seleção e prefácio de Luciano Rosa

ALUÍSIO AZEVEDO
Seleção e prefácio de Ubiratan Machado

SALIM MIGUEL
Seleção e prefácio de Regina Dalcastagnè

*ARY QUINTELLA**
Seleção e prefácio de Monica Rector

*HÉLIO PÓLVORA**
Seleção e prefácio de André Seffrin

*WALMIR AYALA**
Seleção e prefácio de Maria da Glória Bordini

*HUMBERTO DE CAMPOS**
Seleção e prefácio de Evanildo Bechara

*PRELO

GRÁFICA PAYM
Tel. (011) 4392-3344
paym@terra.com.br